活着，就是最美的风景

焦文旗 —— 主编

常朔 —— 副主编

花山文艺出版社

河北·石家庄

图书在版编目（CIP）数据

活着，就是最美的风景 / 焦文旗，常朔主编. -- 石家庄：花山文艺出版社，2020.6 （2025.1 重印）

（"智慧人生"丛书）

ISBN 978-7-5511-5188-7

Ⅰ. ①活… Ⅱ. ①焦… ②常… Ⅲ. ①散文集－中国－当代 Ⅳ. ①I267

中国版本图书馆CIP数据核字(2020)第094731号

丛 书 名："智慧人生"丛书

主　　编：焦文旗

副 主 编：常　朔

书　　名：**活着，就是最美的风景**

Huozhe, Jiushi Zuimei De Fengjing

选题策划：郝建国　王玉晓

责任编辑：尹志秀

责任校对：李　伟

封面设计：新华智品

美术编辑：王爱芹

出版发行：花山文艺出版社（邮政编码：050061）

　　　　　（河北省石家庄市友谊北大街330号）

销售热线：0311-88643299 / 96 / 17

印　　刷：北京一鑫印务有限责任公司

经　　销：新华书店

开　　本：880mm×1230mm　1/32

印　　张：6.25

字　　数：120千字

版　　次：2020年6月第1版

　　　　　2025年1月第5次印刷

书　　号：ISBN 978-7-5511-5188-7

定　　价：39.80元

编　委　会

写在前面

◎ 郝建国

花有千万种，路有万千条。

对自然而言，和风细雨，阴晴冷暖，均为常态；于人生而言，顺境逆境，悲欢离合，亦属习见。

人生是一段持续百年的跋涉，需要不断地汲取营养，增添前行的动力。

在人类漫长的发展史中，无数先哲积累了大量的人生智慧，铸就了许许多多的智慧人生。这些经验，经过传承，由文言文转为白话文，弥散在一个个现代版生活故事中，感染和引领着无数的人，由粗放走向精致，由遗憾走向尽美。

我们认为，智慧的人生才是完美的人生。

为了便于大家在阅读中感知和体味人生智慧，我们编选了这套"智慧人生"丛书。

丛书由《看淡人生悲与喜》《活着，就是最美的风景》《与过去的自己对话》《爱是最好的良药》《和对手做好邻居》《活成一支小夜曲》《相信自己的"奇迹"》《仁爱比聪明更重要》《幸福就是一场雨》共九册构成，从多角度揭示智慧人生的不同侧面，展示智慧人生的多维内涵，寄望身边的每一个人都能活得精彩、活得明白、活得有尊严。

丛书中的文字浅显易懂，故事生动感人，读来畅快淋漓、兴趣盎然、回味隽永。文章作者，虽不乏文坛宿将，然多为普通写作者，他们从身边琐事写起，独抒性灵，讲述对人生的智慧解读。阅读的过程，宛如与故友谈心，丝丝涟漪，轻轻荡漾，如春风化雨，滋润心田。

人生如航行，智慧是灯塔。

祝读者朋友一路顺风，愿智慧之灯无碍长明！

目 录

第一部分　却道幸福是寻常

第二部分 时间都去哪儿了

第三部分　坚定是生命的黄金

第四部分　给生命一段悠闲时光

第一部分

却道幸福是寻常

界外功夫

◎陈志宏

近读薄薄的一本《中国画浅说》，合上书本，一个问题出来了——怎样才能画好画？

当然得下苦功夫。遵循古例，先学画法，再求画理，然后通过"传移模写"，操练百般武艺，天长日久，自然可以拿出质量上乘的画作来。

习画多年，成一代画匠，也许并非难事，但要做一代画师，却实非易事。

匠者学技，师者求艺。技与艺，在某一个路口分了岔，之后越来越远。

技在笔锋墨彩里藏，如林中阳光、草尖露水，只要花足够多的时间，遍地皆可寻见。艺在广阔天地间，万事万物里，像轻拂而过的凉风，可感可触，却难觅芳踪。时间是根长长的丝线，技是吊在线上的珍珠，只要花的时间足够多，吃得苦中苦，方有技中技。

艺却不同，它立于技的基础之上，却自有其独特的生态。

求艺，仅凭业内功夫还不够。宋人彭乘的《墨客挥犀》通过"正午牡丹"的探讨，颇能说明问题。书中说："欧阳公尝得一古画牡丹丛，其下有一猫，未知其精粗。丞相正肃吴公与欧公姻家，一见，曰：'此正午牡丹也。何以明之？其花披哆而色燥，此日中时花也；猫眼黑睛如线，此正午猫眼也。若带露花，则房敛而色泽。猫眼早暮则睛圆，日渐中狭长，正午则如一线耳。'"短短数行，切中要害，赏家之言，值得画者细品。

牡丹和猫乃画中常见，两者相遇在纸上，画家如何表达出正午之意？如果是画匠，自然理不出头绪来，而真正的画师则洞若观火。

画花画猫非难事，画出花与猫在某一特定时刻的独特神韵，却不是光在画界下苦功夫所能达成的。此艺非技，须在画界之外求得。在界内苦学再久，用功再深，也难得艺上身。

苏轼曾在一篇文章中讲僧维真画人像，道理也一样。文不长，照录如下："吾尝见僧维真画曾鲁公，初不甚似。一日往见公，归而喜甚，曰：'吾得之矣！'乃于眉后加三纹，隐约可见，作俯首仰视眉扬而额蹙者，遂大似。"

僧维真画曾鲁公，起初不得要领，画的人像怎么看都没感觉。然而，只在画中人额上添上三纹，作抬头仰视状，便极为相似。若是找不到眉后"三纹"，再怎么使劲，都难绘出曾鲁公的神韵，"大似"则无从谈起。捕获到这"三纹"，不是画技，而是观察之功。

画龙，点其睛，龙就活过来了；画人，捉其神，人就跃然纸上。人的神韵在何处？画谱里找不着，古画里也寻不见，一切皆在画界之外。

真正的画师，胸有成竹，不会老惦记画谱，拘泥于画法。只有画匠在画技上斤斤计较，原地打转，转不出大气场和大格局。

诗家有云：功夫在诗外。画亦如是，功夫在界外。推而广之，哪行哪业不是这样呢？

坐了十年冷板凳，有技压身，做起文章来，自然不会句句空。勤学苦练多年，艺高人胆大，拼到最后，非才非学非技，而是界外功夫。

界内学技，成一匠之功，依法依规，有理有据，但终难成趣；只有在广阔的界外，摸爬滚打，下足功夫，方能攀登艺之高峰。

何为界外？

眼光、心胸、感情、品性和德行等，诸如此类，是一根根无形的线，牵引着艺人朝着光明而去。

回到开头那个问题上来，如何才能画好画？

身在五行中，跳出三界外；界内打基础，界外下功夫。

专注的力量

◎邱红丽

美国的一位生物学家曾经拍到一组精彩镜头——有一种麻雀大小的鸟儿扑扇着翅膀，刚刚落在沙地上准备觅食时，潜伏在沙地里的蛇猛地蹿了出来。鸟儿便用自己的爪子，一下又一下地拍击着蛇的头部。由于力量有限，蛇依然攻击不止。鸟儿一边躲闪着蛇芯，一边用爪子继续拍击着蛇的头部，其落点分毫不差。在鸟儿拍击了一千多次之后，蛇终于无力地瘫软在沙地上，再也动不起来了。鸟的力量的大小显而易见，生物学家唯一的解释就是，这种鸟儿经过长期的经验积累后，终于掌握了一套对付蛇的办法，那就是瞄准蛇头的一个点，长时间专注地去拍打。

日本一家著名餐厅创立于江户时期，距今已有二百六十年。餐厅从来没有做过广告，在当今信息如此发达的时代也没有订餐电话。无论什么样的顾客，都要接受近乎一成不变的传统服务模式。

问餐厅老板："你念过大学吗？"他回答说："在京都大学学法律，以前做过律师。"

"为什么要放弃律师职业回到餐厅呢？""我爸爸身体不好要我接班，我就回来了。"餐厅老板继续讲道，"我有两个女儿，大女儿是演员，小女儿还没结婚，但有一个没过门的女婿。"随后，他从厨房里叫来一个小伙子介绍说，"这就是我没过门的女婿，他就是餐厅的第十代接班人了。"

"这么好的餐厅，为什么不多开几家，像麦当劳、肯德基那样，不断做大？"餐厅老板回答说："我的梦想很简单，就是要做全日本最好的日本料理。"

专注一点，不及其他，我们的古人早就认识到了这一点。孔子带着学生去楚国，途经一片树林，看到一个驼背老头儿拿着竹竿粘知了，好像是从地下拾东西一样，一粘一个准儿。孔子问道："您这么灵巧，一定有什么妙招吧？"驼背老头儿说："我是有方法的。我用了五个月的时间练习捕蝉技术，如果在竹竿顶上放两个弹丸掉不下来，那么，去粘知了时，它逃脱的可能性是很小的；如果竹竿顶上放三个弹丸掉不下来，知了逃脱的机会只有十分之一；如果一连放下五个弹丸掉不下来，粘知了就像拾取地上的东西一样容易了。我站在这里，有力而稳当，虽然天地广阔，万物复杂，但我看的、想的只有'知了的翅膀'。如果因万物的变化而分散精力，那又怎能捕到知了呢？"

在当今社会想要取得一点成绩，也许并没有想象中那么难。因为绝大多数的人都浮躁、懒惰、拖延、没有方向、好逸恶劳，只要我比他们稍微专注一点、努力一点、用心一点、多学一点、多做一点，就已经走到很多人前面了。

如果在各自的工作岗位上，聚焦聚焦再聚焦，专注专注再专注，以"长风破浪会有时"的豪迈，"咬定青山不放松"的韧劲，"将军赶路不追兔"的专注，把全部的心力都投入到一项事业中，一心一意干工作，全力以赴钻业务，心无旁骛创佳绩，那么，人生何愁不精彩辉煌？

让沸腾的心静下来吧，专心于自己当下的选择。滴水穿石的故事，相信大家都知道，至柔的水，却穿透了石头，这就是专注的力量。

催开一朵笑之花

◎ 宋艳丽

去菜市场买菜，青红翠绿间，一排笔直粗壮的山药棍吸引了我的注意力。看样子，似乎是铁棍山药呢。

卖菜人是个五十岁出头的汉子，见我有意要买，粗糙的脸上立刻堆满殷勤的笑，连声夸我有眼光，说这可是上等的山药。

我挑了根最大的，递给他，过秤，他用塑料袋装好，再递给我时，却出现了点小意外——他以为我接到手里了，就丢开了袋子，事实上我的手和袋子还有点距离。只听"啪"的一声，袋子落到地上，那根粗壮的山药，拦腰摔成两截。

我和他都稍微愣怔了一下，这实在让人意想不到。我还来不及说话，他一把捡起了袋子，脸上殷勤的笑不见了："是你没接好，你如果不要，我卖给谁啊？这进货可老贵了。"

"我挑的，为什么不要呢？反正到家就吃，也得砍断是不是？"我从容地递给他钱，接过袋子。

他难以置信地看着我，脸慢慢变红了，搓搓手，有点难为情地笑了："哦，我少算你点钱吧。"

"不用啊，都一样吃。"我站起来，怕他更不好意思，拿着摔断的山药迅速走开了。

又一日，去幼儿园给儿子交托费，因为上个月请了几天病假，所以会计要算一算该退多少钱。

"病假加上中间的国庆节，这几天的伙食费都扣了，你就交一千九百九十元吧。"她头也不抬地按着计算器说。

"国庆节的伙食也给刨去了吗？法定节假日不退伙食费也是应该的。咱们这里还真不错。"我真心地夸奖道。

"别的地方节假日还不退呢，就我们园里退，你要想周末的也退，那是不可能的。"她立刻激愤地说。

我有点发蒙，不知道她的话从何而来，但想一想，也就明白了：对于幼儿园收费问题，诘责的人一定不少，她已经习惯了这样去回答。

"周末的当然不用退了，我是说，节假日的还退，说明我们园真心做得不错。"我微笑着，把刚才的意思重述了一遍。

这次她听懂了，惊讶地抬起头，盯着我，然后有点不好意思地笑了。

"我以为……哦，是的，办园也不能光挣钱不顾家长的感受啊。"

走时，她站起来送我，脸上堆着满满的笑意。

而给我印象最深的，却是一个孩子的故事。

前几天送儿子上学，刚到教室门口，就见一个中年男人气愤且狼狈地跑出教室，他身后传来一阵阵歇斯底里的哭喊声。

我探头看到教室里面，几个老师围成一个圈，圈里是一个倒在地上打滚的男孩子。他满身满脸的泥土，谁靠近就踢打谁，不停地喊着："我不要到这里来，快送我回家！"

哦，这是个刚入学的新生。只是，上学有这么可怕吗？

这时候校长进来了，手里拿着热毛巾。然而她刚靠近，就被男孩子踢了几脚。校长没有后退，她一把抱住了那孩子："瞧瞧小脸多脏啊，跟小猴子似的。擦擦脸，要是不想在这上学，一会儿我送你回去。"

听了她的话，孩子居然不哭了。虽然还抽噎着，但不再坚持要走。

又过了几天，再送孩子上学时，看见那个男孩跟屁虫一样跟着校长，满眼的依恋，满脸的笑容。

"其实，他是个孤独的孩子，并不坏，父母长期在外打工，备受冷落，别的孩子经常欺负他，他就学会了在别人动手前先打人、到了新环境先闹腾的坏习惯。"

"现在你温柔地对他，他是不是也加倍对你好？"按捺不住好奇，我问校长。

"是啊，他比别的孩子还要依恋我，还要讲义气。到底是孩子啊。"校长感叹道。

去抵制别人的进攻，是人的本能。在刺扎到身上之前，先武装好自己，全力备战。然而，如果不是刺呢？如果是温柔宽厚的阳光照到身上呢？我想，那阳光，一定能催开一朵美丽的笑之花。

角 落

◎韩 青

买房子时，爱人非要买大一点的，我则主张买小一点的，理由是：小房子，好打扫，也便宜，就省得当房奴了。最后我们还是选择了一百平方米的。搬进新房后，我发现这一百平方米，住起来还是绰绰有余。

其实，我们需要的就那么点地方，多出的那些，几乎都闲置了。

那一次，去一位朋友家做客。朋友是做生意的，这几年，发了点财，于是买了一栋别墅。可是，我发现他家里的很多房间都空荡荡的，甚至到处都是蜘蛛网。朋友竟因此美其名曰"网吧"。他们平时忙于生意，孩子都在外上学，所以整个家都空着。即使逢年过节，家人团聚，也只是用一两间而已，多数还是空着，朋友的爱人因此打算要将它卖掉，再买个小一点的，因为那才有家的样子、家的味道。我理解她的心情，房子大了，显得空旷、森然，缺少人气。

话又说回来了，人啊，就需要那么点地方，多了，未必就意味着快乐多、幸福多，恰到好处最好。

当年，苏格拉底曾在一条商业街上闲逛，看见路两边琳琅满目的商品，他感慨道：原来，世界上有那么多我并不需要的东西。角落也是这样。很多的角落都"荒芜"了。

可是，如今很多人都被物化了，他们认为大房子、大角落才是财富、身份的象征。我的一位亲戚，是个暴发户，那天，他有事来我家，看到我的小家，他竟然说道："你怎么买了这样一个小面积的啊？你没钱，我借给你。"在他看来，地方小，象征着贫穷、没有身份。

可是，就在这么个小角落里，爱人一下班，就急匆匆往家赶，我一下班也是赶紧回家，看孩子做作业，跟孩子做游戏，尽享天伦之乐；就在这么个小角落里，爱人感受到了什么是幸福，孩子感受到了什么是温馨，我感受到了什么是责任；就在这么个小角落里，我读书、写作，在短短的几年里，一篇篇文章像花儿一样，在全国的两百余家报刊上绽放……

年轻时，曾写下过这样的诗句："原以为窗口很小，没想到，它却能容下满天的星星……"小角落，就有这样的开阔。

后来，读到法国作家都德的故事，我才彻底知晓了角落的内涵。当年，他流浪归来后，发现郊外山冈上的一座老磨房是个写作的好地方。可是它已荒废了二十多年，杂草丛生。他却不在乎，找了块平整的石头当书桌，在那里开始专心写作。有一天，有人看见他全身被屋顶漏下的雪水打湿了，他却浑然不知，于是各种传言很快流传开了，许多人都跑到磨房里看他又在干什么傻事。各种干扰影响了他的写作，于是他去找磨房主，要高价买下老磨房。所有人都嘲笑他，家人更是百般劝阻，可他还是执意买了下来。此后，他在磨房四周竖起"闲人勿扰"的标识，整天待在里面写作，直到写成了闻名于世的短篇小说集《磨房书简》。原来，像都德那样品德高尚有成就的人，往往都不在乎角落的大小，也不在乎它是否豪华。正所谓：谁需要的越少，谁就越近似于神。这个理，我信。

像老磨坊这样的角落还有很多，比如一棵苹果树下、一把水壶的旁边、一片草地、一间普通的保卫处、一块土地、一个日常的工作平台……牛顿在树下发现了万有引力定律，瓦特在水壶的旁边受到启发进而发明了蒸汽机，鲁班根据草叶的"啮齿"发明了锯，列文虎克在看门之余发明了显微镜……每个人都有适合自己的角落。要知道，所有的角落只是一个载体，它就像一条路，你沿着它，能找到你要去的彼岸；它就像一条河，你沿着它，能找到你想要的浩瀚；它就像一个台阶，你踩着它，能抵达你梦想的制高点；它就像一片沙漠，你能从中找到期盼已久的绿洲；它甚至像峭壁上的破岩，你要像松树那样在此安营扎寨，别无选择……如果我们都能像都德等人那样，在自己的角落里，安心做自己的事情，那么我们也能创造出属于自己的奇迹。

原来，心在哪里，奇迹就在哪里，美好就在哪里，辉煌就在哪里。

在我们的一生里，我们会遇到形形色色的角落，或似荆棘，或似花丛，不管什么样的，都要敢于面对，就像走路一样，不管遇到怎样的路况，都得想方设法前进，如果因为沟壑就停止前进，那么就会与前面的胜景失之交臂。

只要心丰富了、强大了、高贵了，它就能容纳千千万万的美好，同时，也能融化所有的惆怅、羁绊和失败。

要知道，世上最值得信赖的角落就是我们的心。

路

◎黄小平

在一堂励志课上，有人问励志大师，怎样才能走出一条人生之路来？

"你们说说看，人生之路的路是怎样写的呢？"励志大师问。

"左边是一个'足'，右边是一个'各'字。"台下的一个年轻人回答。

"这位年轻人说得很对。"励志大师说，"人生之路在哪里呢？正如这位年轻人所说，人生之'路'，就在我们'各'自的'足'下。"

人生之"路"，不在遥远的天边，而在我们"各"自的"足"下，正所谓"千里之行，始于足下"。因为人生之"路"就在我们"各"自的"足"下，所以，每个人都能走出一条人生之路来；人生之"路"，是我们"各"自用"足"走出来的，所以，要想走出一条自己的人生之路，就千万别去指望别人。

阅读有奖赏

◎李少莲

前段时间，我这个背包客旅行到了罗马尼亚。本人有一个爱好，就是背包里总装有一两本书，累了或者空闲时便拿出来翻看几页。

一天，我想到罗马尼亚的布加勒斯特议会宫、罗马尼亚雅典娜神庙、海鸥公园以及乡村博物馆等旅游点去看看，就坐上了一辆公交车，我从包里往外掏钱时掏出一本书来，没想到就是因为这个小小的动作，售票员竟允许我免费坐车，并说是对我热爱阅读的奖赏。我一时没有回过神来，售票员就示意我向车厢里看。

我看到车厢里的人多数在看书，车内安安静静，丝毫没有嘈杂的感觉，一点不像国内，不是低头看手机，就是东张西望地看外面，要不就是大声说话。人们都只盯着书上的字，一副全神贯注的表情。

接下来我换乘了地铁，在地铁里我同样凭着手中的一本书，得到了免费乘坐的奖赏。我向四周看去，只见周围的人，人手一本书，大家都在津津有味地阅读着、欣赏着，那神情颇有些天荒地老、海枯石烂的意味，并且罗马尼亚地铁里的环境很适合阅读，灯光柔和，静谧安详，一个多小时的时间里，我就看完了一部短篇小说集。

在这么有阅读氛围的国度里，从国内带来的几本书很快被我看完了，于是我就打算到罗马尼亚的书店再去买几本书来看。当我到柜台前付款时，工作人员看到我包里有两本已经卷了边儿的旧书，立即将我新挑选的几本书半价卖给了我。

我非常高兴，就临时决定在罗马尼亚多住些时日。有一天，我感到头发有些长了，便来到一个理发店打理发型，发型师一面为我打理发型，一面和我攀谈。我兴致勃勃地说到了罗马尼亚对阅读的奖励，没想到发型师说："我们这里也给予奖励，只要你带着一本书来我们理发店，我们就会给你打折，不仅如此，你去牙科诊所，只要带着一本书，他们也一样给你奖励。"

"还有更令人心动的呢，"发型师接着说，"如果你在世界读书日这天带着书阅读，还能得到免费逛植物园的奖赏呢。"

罗马尼亚之行，让我感触良多。比起国内媒体批评人们不爱买书、不喜阅读的言辞激烈却收效甚微来，罗马尼亚在鼓励人们热爱书籍、热爱读书方面，却做得非常出色。

艰 之 福

◎王 飙

《易经》泰卦中，有"艰之福"的卦境。那么，艰和福是怎么联系在一起的呢？

原来，"艰"字与古文中的"垦"字相通。一个人只要信念坚定地去开垦自己的土地，苦也好，累也好，永不妥协，永不放弃，那么衣食无忧、心灵阔绰的福分也就在其中了。

"垦"字的内涵，就是拓荒，就是开拓，就是创造！我们来到这个世界上，上天便毫不吝啬地赐予了我们一片可以开垦的荒原，这就是梦想！拓荒者，是艰辛困苦的，是孤独寂寞的，甚至是无奈无助的。但是，恰恰是这些非凡的经历，孕育了他们的智慧，成就了他们的卓越，发掘了他们的天赋，拓宽了他们的人生之路，铸就了他们生命的价值。这便是快乐和幸福之源泉。

一个"艰"字，看似是困龙之山，其实是一个"福"矿。如果你愿意去承受，去开采，去熔炼，去铸造，那么你就一定是一个有福之人。

能在艰与福之间画上等号，是一种大境界、大超越。道者，反之动，敢于化否的人，才能安于泰；敢于历艰的人，才知福在其中。

从黑暗出发

◎江东旭

我有个朋友，是个登山专家，最近他送给我一本他出版的登山自传。

我发现他记载的登山时间，有的在白天，有的却在夜晚。我曾好奇地问他，这里面有什么讲究吗？

朋友说："当然有。你没注意吗？海拔超过八千米的山，我们的登顶行动都是从黑夜开始的。"

"为什么要从黑夜开始呢？在白天攀登不是更轻松、更方便、更容易些吗？"

"道理其实很简单：一般小一点儿的山，海拔低的山峰，一个白天就够了；但如果是路程远的山，海拔超过八千米的山峰，就必须在黑暗中出发，因为只有这样才能保证在光明中登顶，在光明中安全返回。"朋友解释说。

我恍然大悟，只有从黑暗中出发，才能在光明中登顶啊！

朋友说的是登山，但人生何尝不是如此呢？那些出生不幸的人，那些处在艰难困厄中的人，请不要惊慌和气馁，人生也像攀登一座高高的山，从低处出发，从黑暗中出发，一步步往前走，一定会迎来一个越来越光明的前程！

留住内心的繁华

◎游宇明

人生在世，想对物质欲望完全视而不见确实很难。金钱可让我们衣食无忧，美色能愉悦我们的感官，官位、名声可满足我们被尊重的要求。然而，我们追求物质欲望应该有个度。所谓度，就是刚刚好，就是无过无不及。比如追求金钱，正常的饮食男女理所应当，但绝对不能不择手段。比如想当官、出名也没什么不好意思，但必须符合公序良俗。换句话说就是：在物质的街头，一个人不能被繁华遮挡目光，还得留有足够的心智与精力自我回望。

但我们的内心必须是繁华的。没有内心的繁华，别人跟你打交道老是找不到想亲近的感觉，你哪怕拥有再多的外在的东西，其人生也有缺陷。

一个人就像一座房子，第一个开着的门是你的品质。别人初次走进这座房子，你是否金碧辉煌，人家不一定在乎，他最需要的是两个字：放心。而这种放心需要我们的人品支撑。同是封建官员，海瑞比和珅受人敬重。后者雁过拔毛寡廉鲜耻，而前者两袖清风，对国家满腔忠诚。同是读书人，曾国藩比李鸿章可爱。李鸿章也不是不为国家做事，但他过于灵活，不太在乎道德，而曾国藩特别看重名节，做事先要问问良心。人心有杆秤，过得了秤钩的，别人才会在心里接纳你，你也才可能获得真正的好人缘。

人得有些才华。才华这东西不仅可以给自己带来"利润"，比如获得较多的金钱、较高的地位，更会直接推动社会的前行。袁隆平当年只是一个农校的老师，因为具备农学才华，他培育出了杂交水稻，我们十四亿人吃饭从此不再成为问题。莫言当年只是小学毕业，由于拥有文学创作的才华，他写出了《红高粱》，获得了诺贝尔文学奖，为中国文学赢得了掌声。一个毫无才华的人，虽然不钉别人的眼，不挡别人的道，但有时难免被人低看。有了才华，我们也就有了事业的自信，有了跟人打交道的一种资本。

大米、小麦养命，兴趣、爱好养心。行走在红尘，我们有时难免遭遇风雨泥泞，难免孤独、寂寞，这种时候，如果自己有些爱好，心事就会被分散，乐观情绪与创新精神就会被激活。华罗庚是著名的数学家，在解析数论、矩阵几何学、典型群、自守函数论与多元复变函数论等研究中取得了辉煌的成就。国际上以华氏命名的数学科研成果有"华氏定理""华氏不等式""华—王方法"等，但他业余喜欢写诗、作对联，终生乐此不倦。湖南作家何立伟的小说写得不错，《白色鸟》曾获全国优秀短篇小说奖，但他业余很喜欢画漫画，还出版了此类著作。兴趣爱好无疑让他们的事业更上了一层楼。

冰心讲过一句话："花有色、香、味，人有才、情、趣。"意思是一个人得有趣味。所谓趣味，就是好玩。有的人本事不错，但你觉得与他待在一起单调、枯燥。有的人或许能力平平，但跟他相处很有意思。他讲的话让你哈哈大笑，做的事让你开心无比，这种人就是有趣味的。鲁迅当年看到有人在墙角小便，就会用橡皮筋和纸团做成弹弓去射那个人，是趣味；胡小石在"三年困难时期"偶然吃到一回猪肉，下筷之前说"猪兄，猪兄，久违，久违"，也是趣味……有了趣味，世界也就有了生气，有了一种轻松的氛围。

内心的繁华不是天生就有的，几乎每一处都显出后天努力的重要。一个人关键是要在乎灵魂世界，将内心的繁华时刻放在心上。如此做了，我们才会一步步改正自己的缺陷，使心灵变得清澈、翠绿、丰盈。

生命真正的绚丽永远寓于内心的繁华里。

安 静

◎钟精华

你不自寻烦恼，没有人能使你烦恼。

因为安静，所以淡泊。安静的心，恬淡、纯真、洁净、灵动、平和、超然、豁达，那是一种境界，一种姿态。

人生最好的境界是安静。因为安静，如同林中溪水，点滴入耳，超凡脱俗。

安静，温柔敦厚，不温不火，潇洒飘逸。

安静，如清风朗月，秀丽高洁；如白云出岫，从容恬淡；如止水无波，明澈如镜。

安静，可纳万壑而不露声色，胸怀大海而不见波澜。

安静，是一种不与人比较的美丽，是一种不患得患失的纯净，是一种不庸人自扰的高雅。

哲人说过，人生最好的境界是丰富的安静。

安静，是因为摆脱了外界虚名浮利的诱惑。丰富，是因为拥有了内在精神世界的宝藏。一个人如果能时时处在安静的状态，就不会大喜大悲，不会卷入世间的烦扰，就可以以安静的姿态过一个人的生活，享受阳光温暖、花开满地。

平等即是尊重

◎张 勇

生活中常见一种现象，有的人花了钱就成了"上帝"，颐指气使，盛气凌人，去吃饭，横挑鼻子竖挑眼；去买东西，把店员吆来喝去；去坐飞机，动辄就要投诉。

花钱，是一种行为，从精神上讲或者也是一种快乐。花钱总会得到某种服务，即便是慈善捐款，也能得到尊敬与掌声。这还不够吗？非要在花钱之前刁难一下别人，难为一下别人，或者在花钱的过程中，鄙视一下别人，委屈一下别人——有时，别人也要接受，很无奈，却没有选择，因为竞争的确很激烈，他也要吃饭。但是，你赢不到他的尊重，因为你没把自己放在一个平等的位置去尊重人家。他甚至会在拿到你的钱出门后狠狠地吐一口唾沫，表示对你的不满。

有很多人，利用职权或者彼此之间的信息不对称，处处刁难，甚至欺骗别人，以此来寻求某种利益，或者满足自己的畸形心态。这些人的作祟，导致我们的生活很不愉快，我们的工作有时候很难正常开展。这时候我们就要有"平等"的心态。什么是平等的心态？就是要从根本上认识自己、认识工作的本质。大家都是社会价值的创造者，只是分工不同、职位不同。每个人的能力可能有差异，但彼此之间平等沟通、交流、合作的权利是没有差异的。那些盛气凌人的人，那些居高临下的人，他们摆出那副样子，目的无非是两个，一个是从你身上找到"炫耀"的乐趣，这是一种恶趣味；另一个则是谋取一些其他的见不得光的利益，这叫"以权谋私"。

平等待人，尊重他人，是一种习惯，这种习惯往往和从小到大所接受的教育密切相关。在传统社会，儿童存活率低，所以女人在她成年之后的大部分时间里都处在怀孕——生育——哺乳的状态。因此，几乎在所有的传统社会中，女人的社会地位都很低，都受到男人掌握的政权和家族制度的歧视。而且由于养育小孩子大多是女人的事情，所以女人只好把这股怨气发在小孩子身上，导致小孩子在成长过程中感受到的不是父母和家庭的爱，而是母亲的哭泣和怒火，父亲的轻蔑和忽视。在成长中得不到尊严的小孩子，长大之后也很容易用压迫别人的方式去寻求尊严。这是一种恶性循环，长此以往，整个社会会变成一个不知尊严为何物、具有多重压迫的等级牢笼。

二十世纪八九十年代，很多人都会惊讶于美国孩子对父母直呼其名。这是中国人无法想象的。就是今天，中国人都无法接受这一点。托克维尔在美国大陆旅行的时候，就能感受到平等观念在美国深入人心。美国后来的经济奇迹，不能不说和这种平等观念息息相关。很多中国人在和欧美人打交道的过程中，都能感受到对方身上的那种自信、自我负责和界限感。实际上这三者是一种东西。正因为你有自信，所以你有信心为自己负责；正因为你为自己负责，别人也为他自己负责，所以你和别人之间存在一条不可逾越的人际界限。

最好的教育，就是尊重被教育者，把被教育者当作一个平等的人。这意味着教会他自我的尊严以及对别人的尊重。很多人不明白，为什么小孩子也需要被尊重。这是因为他们不懂得，小孩子只是知道的比较少，难以为自己的行为负责而已。但是如果因此而认为他们在人格上低人一等，则是犯了大错误。子曰："至于犬马，皆能有养。不敬，何以别乎？"别以为单单把小孩子喂大，他就会感激你。小孩子不仅需要营养，也需要被尊重和自我实现。

博鳌论坛秘书长龙永图在一篇文章里讲了一个故事：一次，他在欧洲参加一个国际会议，会后大家三五一群地闲聊，他独自一个人闲坐着，这时走过来一位头发全白的老太太和他寒暄起来，老太太走后他向周围人一打听，才知道这位老太太就是荷兰女王。女王没有一脸高高在上的傲气，没有一帮随从前后簇拥，因为人家始终意识到"自己首先是公民社会里的一个公民，然后才是一位女王"。

尊重不是说在嘴上的唯唯诺诺，而是体现在行动中的一视同仁，从这个意义上，平等即是尊重。

绝妙的骂人信

◎李克军

　　在林肯担任美国总统的时候，有一天，陆军部长斯坦顿来到林肯的面前，他气呼呼地对林肯说，纽约有个名叫摩里斯的陆军少将居然在背地里污辱他缺少军事才能。林肯听了后，气愤地对斯坦顿说："我建议你写一封尖酸刻薄的信好好回敬那个家伙，我永远站在你这边！"

　　斯坦顿很受鼓舞，他当即就写了一封措辞激烈的"骂人信"，他在信中对摩里斯的辱骂简直无所不用其极。斯坦顿对自己写的这封信非常满意，他把信拿给林肯过目，林肯接过来细细读过后，不禁拍案叫绝："斯坦顿，你的文笔真是太好了，对，就是要这样狠狠地教训他一顿，这是一封绝妙的骂人信，我真恨不得抄一份来收藏。"斯坦顿听了后非常得意，把信叠好后装进信封里，就在他写信封的时候，林肯却问他说："你写信封打算干什么？"斯坦顿纳闷地说："这是一封绝妙的骂人信，我当然要把它寄出去呀！"

　　"不要胡闹。"林肯大声说，"我告诉你，这封信的真正绝妙之处在于，你在写他的时候已经发泄了怒气，现在你的感觉好多了吧？你看你刚才笑得那么开心。你要记住，在生气的时候不要把愤怒埋藏在心底，也不要把愤怒发泄给他人，最好的方法是寻找一个不伤害他人也不伤害自己的方式，既解了自己的心头之恨，又没有伤及他人。所以现在把它烧掉，然后再写一封赞美信吧。无论你是否认同对方，无论对方是否攻击过你，你都要写信赞美他，只有这样，他才会成为你的朋友，和你站在同一个立场上。"

豁达是一种境界

◎ 张欣瑞

　　韩琦是北宋时期著名的宰相。他心胸宽阔，气量过人，因此在朝廷上下享有很高的威望，他的为人处世之道也被后人所称赞。

　　韩琦在定武统帅部队时，因为事务繁重，经常夜以继日地工作。每当他夜间伏案办公时，总有一名侍卫在旁边举着蜡烛为他照明。

　　有一次，韩琦又在夜里起草紧急公文。这个时候，年轻的侍卫有些困倦了，结果一走神儿，蜡烛烧着了韩琦鬓角的头发。韩琦忍着痛，没吱声，只是用衣袖将火拂灭，又接着挥笔工作了。

　　过了一会儿，韩琦终于起草完了公文。他扭头一看，发现举蜡烛的侍卫换人了。原来，之前的那个侍卫烧了统帅的头发，自知罪责难逃，便向侍卫长官做了汇报。侍卫长官又惊又怒，随即把他换了下来，重新安排别人秉烛。

　　韩琦赶紧让侍卫把侍卫长官叫来，他对侍卫长官说："不要替换刚才那个侍卫，更不要为难他，他已经懂得怎样拿蜡烛了，所以他会做得更好的。"

　　韩琦是怕侍卫受到处罚，才当面替他开脱。军中的将士听说了这件事，无不感动得落泪。

韩琦镇守大名府时，珍藏着两个玉杯。他天天把玩，爱不释手。这两个玉杯晶莹剔透，温润光滑，毫无瑕疵，实属玉器中的上品。韩琦每次大宴宾客时，总要专设一桌，铺上锦缎，把玉杯摆放在上面，让宾客们一饱眼福。每当有尊贵的客人光临，韩琦就会用玉杯来敬酒。

有一天，有一位官吏前来拜访他，他们谈完工作已近中午，韩琦设宴，摆上玉杯，盛情款待。席间，一个侍吏上前倒酒，不小心把两个玉杯碰落在地，结果摔了个粉碎。在座的官吏都大吃一惊。那个闯祸的侍吏顿时脸色惨白，急忙趴在地上，磕头请罪。

此时的韩琦却面不改色地笑着对大家说："大凡宝物，是成是毁，都是有一定的时数的，该有时它就出来了，该坏时谁也保不住。"说完，韩琦又对那个还趴在地上的侍吏说："你不过是偶然失手，又不是故意的，有什么罪过呢？快快请起！"人们都情不自禁地为韩琦的宽宏大量而赞叹，宴会在愉快的气氛中继续进行。

韩琦豁达至此，实在是令人仰止！豁达是一种待人处事的方式，更是一种超凡脱俗的心态。豁达是一种虚怀若谷的涵养，更是一种至高无上的境界。有了豁达的心胸，就会在人生的旅途上闲庭信步，生活也会淡然恬静。

珠穆朗玛峰上的谦让

◎孙建勇

　　珠穆朗玛峰简称珠峰，尼泊尔称为萨加玛塔峰，位于中国和尼泊尔交界的喜马拉雅山脉之上，终年积雪，是世界第一高峰。《中尼边界条约》规定，珠峰的北坡属于中国，南坡属于尼泊尔。1953年5月29日，著名登山探险家埃德蒙·希拉里与向导丹增·诺尔盖从珠峰南坡登上峰顶，其间有个小插曲至今令人感叹。

　　埃德蒙·希拉里出生于新西兰，十六岁那年，他参加了学校组织的一次远足活动，对登山产生了浓厚的兴趣，从此走上了职业登山探险的道路。这次他是作为英国远征探险团成员来登山的。向导丹增·诺尔盖是尼泊尔夏尔巴人，也是一位出色的登山家。

　　这一天，埃德蒙·希拉里和丹增·诺尔盖相互默契配合，克服重重困难，终于从珠峰尼泊尔一侧也就是南坡成功登顶。就在距离最顶端仅有几步之遥的时候，埃德蒙·希拉里却停下了脚步。他知道，如果再前进几步，那么他就将成为世界上第一个成功登顶珠峰的英雄，而这是每个登山探险家梦寐以求的荣誉。但是，此时此刻的埃德蒙·希拉里却做出了一个决定——他转身对跟在身后的丹增·诺尔盖说："这是你的土地，你先上！"于是，丹增·诺尔盖超越埃德蒙·希拉里，成了真正意义上的第一个踏上珠峰顶端的人。

当时，埃德蒙·希拉里还为丹增·诺尔盖拍下了一张照片。照片中，诺尔盖站在峰顶手举一块冰，上面插着随风飞舞的旗子。后来，这张照片因记录了人类首次登上珠峰的壮举而闻名世界。遗憾的是，因为丹增·诺尔盖不会使用照相机，所以他没有为埃德蒙·希拉里拍下任何照片作为纪念。此后很多年，埃德蒙·希拉里一直守口如瓶，没有对外公布珠峰顶上自己主动谦让这件事。如今，为了纪念埃德蒙·希拉里，新西兰五元钞票的正面印有他的肖像。

面对极其宝贵的胜利果实，一个选择谦让的人，其本身何尝不是一座令人仰望的珠穆朗玛峰？

一本借了五十三年的《家庭诗集》

◎计玉兰

美国新泽西州费尔劳恩市的哈里·克拉姆，今年65岁，已退休在家多年。哈里是一位真诚友善的人，深受邻居、朋友的喜爱。对他而言，诚实守信是他为人处世的标签，他把这份信誉看得比什么都重要。

有一天，哈里心血来潮去清理收藏室，他找到了很多年轻时的照片和一本封面已泛黄的《家庭诗集》。

手捧《家庭诗集》，哈里回想起五十三年前，他还是纪念中学的学生，在毕业前夕，他从学校的图书馆借了这本书，随后因举家搬迁，《家庭诗集》和其他物品被一起打包成行李。之后，哈里一直没有找到这本《家庭诗集》，他曾想着去学校办理图书遗失手续，后来由于种种原因，渐渐把这件事淡忘了。

令哈里没想到的是，五十三年后，他又找到了这本《家庭诗集》。在高兴之余，哈里又陷入了沉思，如果一直隐瞒此事，那么他依然是邻里、朋友眼中诚实守信的好人，但是，这样只能骗别人，却骗不了自己。之后的几天里，哈里的内心无时无刻不牵挂着这件事。

如果归还，两千美元的滞纳金倒是小事，只是借书不还的事被曝光后，大家会怎样看待他呢？他以往诚实守信的形象会不会不复存在呢？

原本只是一本书的事，但在哈里心里却是信誉问题，关系到他在别人眼中的形象。从此，哈里背负了沉重的心理负担，深陷在两难的境地中，他开始变得郁郁寡欢、心事重重，甚至出现了邻居对他指指点点的幻觉。哈里的家人多次试图宽慰他，但哈里依然无法释怀。

正当大家无计可施，准备带哈里去看心理医生时，小孙子大卫告诉他："昨天，爸爸带我去玩的时候，开错路了，爸爸真笨。"说完这些，孙子就躲在他怀里笑了。站在一旁的儿子耸耸肩，说："幸亏有导航系统，在开错的地方重新出发，后来还是到达了目的地。"

这时，哈里突然起身，把孙子抱给儿子后进了书房，过了一会儿就出门了。

第二天，哈里又和往常一样约朋友钓鱼、和邻居聊天、整理花园、逗孙子玩，只是在收到手机短信时，他会露出有点期待但又略带紧张的神情。

直到有一天，哈里收到一封信，看完信后，他高兴地搂着太太转了好几圈。后来在太太的追问下，哈里说出了实情：那天听了儿子和孙子的对话后，他就把《家庭诗集》快递给了纪念中学，并附了一张写着事情经过及电话、地址、银行卡等信息的纸条，表示愿意支付相关的滞纳金。

纪念中学收到哈里的信后，学校领导经过商量，决定免去哈里需要支付的滞纳金，并把《家庭诗集》及背后的故事一起展示出来，以达到教育学生们诚实守信的目的。

哈里太太听完后，直夸他："太棒了！终于可以释怀了！"后来，此事引起了各大媒体的关注，归还了五十三年前借的《家庭诗集》，哈里不仅没有名誉受损，反而成了诚实守信的典型。

在接受《每日邮报》采访时，哈里·克拉姆谈起归还书籍这件事，如释重负地说："生活中很难把每件事情都做对，如果一不小心犯了错，也不必烦恼。就如汽车导航系统中的容错性，如果错了，就把错误当成另一个起点，重新向正确的方向出发。"

别把坏情绪扔给别人

◎钱永广

有一段日子，父亲生病，儿子顽皮，工作不顺，事业不顺，我被各种烦恼搅得不得安宁，情绪非常低落。

那天，我到郊外去办事，返回时，到公共汽车站台等车。可左等右等，就是不见公共汽车过来。正当我焦急不安时，在路的拐角处，我发现了一个修鞋的老人，于是我提着行李，大步走到他的摊前，眼睛直直地问他："喂，这车什么时候到？"

"不清楚！"老人对我的唐突无礼显然不甚高兴，他的头一直低着，仍在专心致志地修理着手中的皮鞋。

话一出口，我就意识到了我的没礼貌。我想，这个修鞋老人整天守在这里修鞋子，他怎么可能不知道这儿公共汽车的情况？奔走了几里路，我已经很困了，顾不得老人对我有多冷落，径直把行李往他的摊位旁一放，一屁股坐在了他的板凳上。

很快，公共汽车开过来了，我抓起行李，急忙一个箭步冲上去，转眼，汽车就载着我离开了修鞋的老人。可我赶到家，不由得惊出一身冷汗：我的手提包不见了，那里面装着我的三千多元钱啊！我顿时如热锅上的蚂蚁，焦急不安地回想着这包可能被丢落的地点。想着想着，我急急忙忙冲出门外，向郊外那个公共汽车站台边赶去。当我恭恭敬敬地走到修鞋老人面前满脸堆笑地问他，有没有看到我的手提包时，老人用试探的眼光问我："手提包？里面可有什么东西？""里面有三千多元钱哩。"我着急地说。见我心急火燎的样子，修鞋老人转身从抽屉里取出了我的手提包，并和颜悦色地递给了我。我赶紧打开手提包，取出两张百元钞票，感激地说："大爷，真是感谢啊！这两百块钱就当是给您的酬谢！"

修鞋老人没有接我的钱，又转身低头修鞋去了。他一边穿针引线，一边对我说："年轻人，车子马上就要到了，去等车吧！以后出门，和人说话可要和善一点，尤其是带着东西出门，要小心别把东西弄丢了。"

听完老人的话，我似有所悟，任何时候，无论你有什么不开心的事，与人说话要和善，千万别把坏情绪扔给别人。

善良不需赌

◎段奇清

2015年6月14日晚，张海林在自己的公众号上发了一篇文章后，又流着泪、惶惶不安地用笔在纸上写道："有多少人会赌上五年相信我，谁又能相信我真的能还得上？"

2015年6月11日，在外地工作的张海林接到在河南新乡老家的父亲打来的电话，父亲慌乱地说，他开车撞伤了人，伤者治疗需要三十万元。她的心顿时陷落到了冰窟窿里。稍稍镇定后，她坚定地说："一定要给对方钱！"

但她知道，母亲因脑出血，刚住过院，家中已无分文。要让一家人渡过难关，唯一的办法是自己担当起这份责任，而她也是两手空空。只能去借，而这么一大笔钱，向谁借？她想，自己不能成为朋友的麻烦。

经过反复思考后，她想：赌一把吧！原来，她是要通过网络向陌生人借钱。6月14日晚，她花了十五分钟，写下一段文章："我需要三十万元，想寻找三百位朋友，每个人借给我一千元，多了拒收，少了也拒收。只接受微信转账，我会清楚地备注……请信任我这个二十七岁姑娘人品和性格的人，给我一份帮助。此后数月经年，我一定会做一个感恩的人。"她还说，按她目前的收入水平，五年可以还清。从下个月起，她每月还款五千元。最后，她留下了自己的手机号和微信号，并承诺："永不换号！"

将这篇文章发在了自己的公众号上后，她又流着泪在纸上写道："有多少人会赌上五年相信我？……朋友圈里每天都在发生各种悲哀的求助，那么多的绝望，谁会在意我遇到了什么！"她对发出的求助文字并不敢抱多大希望。想到家人的处境，她的眼泪如断了线的珠子，滚滚而下……

善良的人不会让她悲伤下去。

"我是一个今年即将毕业的大学生，在做兼职，月底会发工资，你不用担心我，你把所有人都还了再还我吧。"

"我虽然不认识你，但我希望大家都信任你。"

人们重复最多的一句话是："一切都会好起来的！"

令张海林没有想到的是，文章发出后很短的时间，滚滚而来的询问和温暖的问候，就阻断了她滚滚的泪水，将她心中的冰山慢慢消融了。

14日晚上和15日上午，微信上不停地有人加她为好友，给她问候，打给她钱。15日上午11点，三百朵信任与热情的花，烂漫成一片花海；三百株善良与爱的树，苍翠成一片森林。

2015年7月7日，依据收到款项的顺序，她开始给五个人还钱。每个人在收到她所还的一千元时，也领受了一份守信与真诚。有的人给她钱时只把它当作一次捐助，"捐出去的钱还能回来！"他们也得到了一份意外的感动。有的人并不需要还款，已将她从好友名单中删除，她又加了回来，加回了一份绝不失信的纯真与执着。

张海林还有一份细密的心思：这次借款是没有利息的，不能让好心人受到更多的损失；她还担心有人因故急需用钱，又不愿向她讨要，她不能让善良的人为难。所以，她为了增加工资收入，尽快偿还全部借款，三年内换了六次工作，完全不管每一份新工作都会更累。

就这样，到了2018年7月20日，除了一个已亡故的人无法偿还，二十二个人无论如何都不愿加回为好友、执意不要还钱外，其他的借款她已全部还清，比计划提早了两年。这还不出的两万多元钱，她已捐给了凉山、西藏等地的贫困家庭。

"你的信守诺言让你赢了，赢了超乎你想象的人生！"有人给她这样留言。

是的，这三百人中，已有许多成了与她肝胆相照的挚友。张海林说："这几年工作虽然挺辛苦，但能力一直在提升。目前我有能力选择多种工作，这种'掌控感'很难得。如今的我，有柔韧、耐力和永久纯善的心，这让我挺开心的。"正如人们所说，越努力越幸运。

一位曾经帮助过她的人说，自己当初只是在网上看到了这样一个求助信息，抱着赌一把的心态发去了一千元钱，后来渐渐地就将这件事淡忘了。他说："姑娘，你让我赢了，赢了这份已经忘记的信任，赢了这份厚重持久的感动。"

其实，善良不需赌。能自觉地承担起一份责任，不让受伤的人再伤心，这本身就是一种善良。人们对善回应以善，无数的善终会汇成爱的海洋……

第二部分

时间都去哪儿了

一个饮料瓶的蛋糕

◎化　君

　　迈克尔·海德是一家蛋糕店的老板。一天下午六点半钟，在店里忙活了一天的海德正准备关门回家。有个小男孩忽然从门外往店里探了一下头，接着就把头缩了回去。海德猛然想起，这些天他经常看见一个穿得破破烂烂的男孩儿在店门外晃来晃去。

　　海德下意识地拉了拉放钱的抽屉，锁得紧紧的，他犹豫了一下，接着从兜里掏出钥匙，插进锁眼里，然后把抽屉里的钱全部拿出来，放进了手提包。海德的目光又在屋子里扫了一圈，直到确定没什么贵重的东西了，才朝门外走去。

　　刚走出门来，海德突然听见有人叫道："先生。"顺着声音，他看见一个瘦弱的小男孩贴着墙根站着，正用怯生生的目光望着他。海德用手指指着自己，微笑着说："孩子，是在叫我吗？"男孩点点头。可是，当海德问男孩有什么事情时，男孩却低下头去，一副欲言又止的样子。

　　海德走到男孩跟前，伸手摩挲着男孩蓬乱的头发说："孩子，我特别喜欢你，如果有什么事情能帮到你，我会十分高兴。"

　　男孩慢慢抬起头来，目光在海德脸上扫了一会儿，确定眼前这个高大的男人不是坏人后，低声说道："我妈妈病了，好几天都没吃饭了，我害怕妈妈会死掉，我想给妈妈买一块蛋糕，可是，我……"

"孩子，你想买多少钱的蛋糕？"

"我想买……"

男孩突然停下了。过了一会儿，男孩用低得几乎连他自己都听不到的声音说："我想买，一个饮料瓶的蛋糕。"

男孩的两只胳膊一直紧紧抱在胸前，唯恐怀里那个皱巴巴的饮料瓶被别人抢走了似的。海德从男孩怀里拿过饮料瓶，然后转身从店里拎出一个装满蛋糕的手提袋递给男孩。男孩眼睛里突然放射出一道光芒，大声说："一个饮料瓶可以买这么多蛋糕吗？"海德微笑着点点头，"嗯，吃完了就再拿饮料瓶来买。"

几天后，男孩又来到店里，买了一个饮料瓶的蛋糕，并高兴地对海德说："妈妈能下地走路了。"

从此，男孩便隔三差五来海德的蛋糕店买蛋糕。每次海德或员工问他买多少钱的，他都说买一个饮料瓶的。

圣诞节前夕，店里举行十周年店庆的时候，男孩作为特邀嘉宾出席了店庆。店庆会上，海德亲自发给男孩一本红彤彤的"忠实客户"证书和二百美元的蛋糕券。

后来，男孩就再也没来过蛋糕店了。

再后来，迈克尔·海德老了，生意也渐渐萧条下去，他准备把蛋糕店盘给别人。广告才一贴出，就有个小伙子找上门来。出乎海德意料的是，小伙子不是来收购蛋糕店的，而是要来给他当面点师的。海德自然欢喜不已，但他知道自己已经没有能力和精力经营蛋糕店了，于是谢绝了小伙子的好意。小伙子却执意给海德当面点师，并说，如果不盈利，他就不要工资。

孩子，为什么要这么做？

小伙子突然弯下身去，给海德深深鞠了一躬，红着眼圈说："先生，您还记得那个买一个饮料瓶的蛋糕的小男孩吗？"接下来，他说了自己的故事。

一天，黄昏的时候，他背着捡来的大半袋子饮料瓶回家，刚走上一座小桥，突然蹿出几个人来，把他按在地上就是一阵拳打脚踢，接着又把袋子里的饮料瓶一个个都扔到了河里……

小伙子平复了一下情绪接着说："于是我决定去抢钱，然后买把枪，好把欺负我的那一帮人全部打死……先生，是您的善举浇灭了我心里的火气和仇恨，重新唤醒了我的良知和对生活的热爱与向往。那天，在我提着一手提袋蛋糕回家的路上，我就暗暗告诉自己，长大后，一定当一个像您一样善良的面点师。"说完，小伙子再次朝迈克尔·海德深深弯下腰去。

一个饮料瓶的蛋糕，救赎了一个人的灵魂和人生。

别让成就束缚你

◎赵欣然

广场上，有一位老人用墩布蘸水在地上写字。围观的市民看见老人精湛的书法一点点消失，直为老人着急，于是有人建议他把自己的字写在宣纸上裱好，这样就可以留存下去了。而老人却说："我写字就是为了图开心，干吗要裱起来？"老人依然手持墩布，笔走龙蛇，神采奕奕。

老人的选择使他摆脱了某种束缚，使他不断超越原来的自己。"留痕"与"不留痕"，顺其自然，不被某种形式束缚，可能更利于某种天性的释放，率性而为，艺术的美可能更在随意间。

有这样一位插画师，他的所有作品发表之后就不再留存底稿，他不会去再看一眼，就连获得国际大奖的作品也被他付之一炬。可他却成为日本极负盛名的鬼才插画师，他的作品题材丰富，意蕴深远，每次都能给人焕然一新的感觉，其创造能力为人所称道。他就是日本著名的插画大师——富坚义博。

正是这种对成就弃之不理的态度，成就了大师创造力的突破，使得他的插画水平达到了"鬼才"的程度。正是这种边创作边"毁灭"的精神提升了他的创作水平，也极大地满足了观画者的审美需求。

抛却缠身的成就，与本原的艺术创作赤诚相见，美哉！

这让我想到了中国杰出的现代话剧剧作家曹禺先生。在他堪称世纪之作的《雷雨》之后，可能是源于成就和盛名的束缚吧，他便没有再写出可与《雷雨》媲美的震撼力作，甚是遗憾。

一位名人曾说过："成名要么使人得意骄纵，要么使人压力倍增，这其中的任何一种情形都使人无法再有创造。"的确，若摆不正关系，成就可能会成为一个人进步的绊脚石，成为一个人艺术追求上的拦路虎，成为一个人创造性工作的那团乱麻。因此，忘却成就，摆脱束缚，轻装上阵，你就会在前进的路上抛开羁绊，一片光明。

事实上，受成就影响与否，并不在于成就的大小，而在于内心的高度。一句话，别让成就束缚你。

交友如听钟

◎郝金红

　　一次，作家曹聚仁乘车去外地办事，不知不觉地在车上睡着了。一觉醒来，他已坐过了站。列车员在查票时，要求曹聚仁补票。当时，曹聚仁身上的钱不够，列车员就揪着曹聚仁，要送他去巡捕房。这时，一位书生模样的中年人走过来，掏出几张纸币给列车员："这些够不够？"列车员数了数："够了，够了。"逃过一劫的曹聚仁对及时救场的中年人感激不尽，便问起他的姓名，对方回答："我叫夏衍。"因为这起事件，两人成为至交。

　　后来，夏衍在上海的一家报社工作，居住的地方离曹聚仁家不远。但工作之余，夏衍很少去找曹聚仁，只是几星期打一次电话，平时很少见面。一次，说起曹聚仁，夏衍的夫人蔡淑馨问道："你和老曹的关系这么好，你俩为啥不经常走动走动？"这时，远处钟楼上的钟声响了。夏衍指着远处问夫人："刚才的钟声你听到了吗？"蔡淑馨回答："钟声那么嘹亮，当然听到了。""那如果我们将自己的耳朵贴到钟面上，它的声音还会那么美妙吗？"蔡淑馨笑了："这个道理三岁小孩都知道，贴得太近，人的耳朵哪受得了，还谈什么美妙？"夏衍也笑了："这就是我为什么和老曹不经常走动的原因。交友如听钟，总要保持一定的距离，彼此的关系才会和在远处听钟一样美妙呢。"

　　朋友之间交往，正如听钟，太近反而会造成伤害。只有保持适当的距离，给双方留下一定的空间，彼此情谊的旋律才会如远处听钟般妙不可言。

聪明的方向

◎李金印

1950年10月，资深记者奥莉娅娜·法拉奇受美国《华盛顿邮报》的邀请，为《华盛顿邮报》报社招聘记者。

在一次面试中，法拉奇相中了聪明伶俐的女孩露丝。露丝也感觉在此次面试中表现不错，所以面试结束后，她没有立刻离开，她想留下来探听一下面试官的口风。

正在她思考怎么和面试官搭上话的时候，面试官法拉奇走了出来，问那些未离开的人，可曾见到一位叫肖恩的男士。露丝说："刚才他就坐在我身边，可是他现在已经离开了，是他面试成功了吗？""是工作人员不小心把墨水滴到了他的简历上，导致我不能看清他的工作经历和联系方式，所以我想找他询问清楚！"法拉奇说。"您问我就行了！"露丝觉得表现自己的时候到了，接下来，她便把肖恩的工作经历和联系方式一一告诉了法拉奇。看着法拉奇和其他工作人员疑惑的目光，露丝说："刚才我坐在肖恩的旁边，他翻看的时候，我瞥了几眼，便记住了，我的优点就是有超强的记忆力，这一特点正适合做一名记者呢！"露丝为自己的聪明而得意。

可是，法拉奇却收起笑容，严肃地告诉工作人员："把露丝的名字从应聘成功的名单里划掉！""为什么？"露丝有点不相信自己的耳朵，疑惑地问。"对于一个记者来说，聪明的头脑，超强的记忆，的确是优势，可是，用它来记住别人的隐私，这违反了记者的职业道德，你的聪明用错了方向！"法拉奇的一番话，让露丝羞愧地低下了头。

人们常以为，聪明伶俐是一个人的优势，可一旦不小心用错了方向，优势会瞬间变成劣势。

莫做"布里丹的驴子"

◎陈洪娟

法国哲学家布里丹讲过一个关于驴子的著名故事：有一头驴，与众不同，喜欢思考。有一次，主人在它面前放了两堆体积、色泽都一样的干草，给它做午餐。这下可把它给难住了，因为这两堆干草没有任何差别，它没法选择先吃哪一堆，后吃哪一堆。最后，这头驴子面对着两堆草料，饿死了。这头驴子虽然饿死了，但从此在哲学史上"名垂千古"，被称为"布里丹的驴子"。

人的一生要面对各种各样的选择，不管你是否愿意，也不管你是何种态度，更不管你采取什么样的方式，都要去面对。可以说，人生就是一个不断选择的过程。

选择是需要勇气的。因为每个人的欲望是无穷的，当碰到"鱼和熊掌"不能兼得的矛盾时，选择就成了痛苦的事情，许多人会像"布里丹的驴子"一样，瞻前顾后、患得患失，拿起这个又想着那个，放下呢，却又舍不得。其实选择就意味着放弃，你选择熊掌就要放弃鱼，选择充实就要放弃悠闲，选择繁华就要放弃幽静，选择和放弃总是如影随形。只有果断选择，舍得放弃，"取其要者而为之，不要者而舍之"，我们才能走好人生的下一步，否则只会像"布里丹的驴子"，在犹豫、徘徊中贻误选择，甚至失去选择。

我们总担心选择是否正确，其实选择没有严格意义上的好与坏、对与错、成与败之分。选择自己需要的、适合自己的，才是最好的。一颗珍珠、一粒玉米，对人类而言，肯定会选择珍珠，但对于公鸡而言，它宁愿选择玉米。因为珍珠虽然是宝物，但对公鸡来说毫无用处，普普通通的玉米却可以用来填饱肚子。有的时候，我们无论怎么选都是正确的，比如"布里丹的驴子"的两堆草，选哪一堆都一样能吃饱肚子。

大胆做出自己的选择，即便结果没有预想的那么美好，也不要后悔。一位老酋长对几个即将出门闯荡的年轻人说："我送给你们每人六个字，先写给你们三个——'不要怕'，再过二十年你们回来找我要后三个字。"二十年过去了，他们中有的事业有成，而有的一贫如洗，但是他们都回到了老酋长那里，问他要后三个字，结果，他们得到的是——"不要悔"。选择是自己做的，路是自己走的，只要上不愧于天，下不愧于人，又有何可后悔的？

当我们面对选择的时候，都要记住："之前不要怕，过后不要悔，有得必有舍，有舍才有得。"我们只有在人生的每一个十字路口勇敢地做出选择，才能在自己的人生大道上走出一串串坚定的脚步……

赞美别人

◎张 雨

卡耐基在《人性的弱点》一书中指出："每个人的天性都是喜欢别人赞美的。"赞美更容易鼓励人进步。我们每个人都渴望得到别人的赞美，但也不能忘了真诚地欣赏和赞美别人，因为人生需要赞美。

英国喜剧演员卓别林小时候，有一年圣诞节，学校组织合唱团，卓别林落选了，他很沮丧。之后，卓别林在班上背诵了一段喜剧歌词，博得了大家的喝彩。老师说："虽然你唱得不好，但表演很有幽默的天分。"

后来，为了生计，卓别林四处打听，希望能演一个角色。一天，伦敦一家剧院要上演一出戏，剧院老板答应让卓别林演一个孩子的角色，结果那场戏演出并不成功。《伦敦热带时报》在批评该剧的同时说："幸而有一个角色弥补了该剧的缺点，那就是报童桑米（卓别林饰演）。以前我们不曾听说过这个孩子，但可以预见，在不久的将来一定会看到他不凡的成就。"

再后来，年轻的卓别林获得了一个去美国演出的机会。不巧的是，这次演出没有引起任何轰动。然而美国《剧艺报》在谈到卓别林时说："那个剧团至少有一个能逗笑的英国人。总有一天，他会让美国人倾倒。"

这些赞美让卓别林进一步看到了自身的价值，使他更有信心了。多年后，卓别林果然成为享誉全球的艺术家。卓别林成功的原因除了天赋和勤奋外，更重要的是在人生的十字路口和最关键时刻，他得到了别人的赞美和肯定。

赞美，实际上就是对一个人价值的最好承认和重视，能使其心灵需求得到满足，并激发出潜在的才能，有时一句赞美的话甚至可以改变一个人的一生。因此，在现实生活中，我们都要学会赞美别人。

为尊重停留五分钟

◎赵向辉

夜晚，繁华都市的一个地下通道中，两个小伙子面向行人站在一侧，其中一人面前摆着乐谱，竖着话筒，怀里抱着吉他，另一个还在摆弄地上的电线和矿泉水瓶。

我和几个朋友正好路过，便问："是唱歌吗？"小伙子高兴地说："马上弄好，马上开始。"我看他们两个不敢看行人，也不敢大声说话，好像是有一些不好意思，猜测他们是第一次出来当流浪艺人。

我说："唱吧，我听。"有朋友说："走吧，还有好远的路要走。"我说："听完再走。"

小伙子拨动吉他唱了起来，嗓音还算不错，节奏也好，很有乐感。我用眼睛注视着小伙子，他一副聚精会神的样子，还和着他的节拍轻轻晃动身体。等一曲唱完，人群自发鼓起掌来，我向两个小伙子伸出了大拇指。

朋友问："干吗要听啊，白耽误好几分钟，逛了一天，快累死了，早点儿回去休息多好。"我说："既然和小伙子搭话了，人家说要给我们演唱，就要听人家唱完，就算不爱听，也要为尊重停留五分钟，因为在任何时候，尊重别人都是不可改变的。"

朋友听完，陷入了沉思。

是的，为尊重停留五分钟。其实，很多时候，我们都疏忽了停留，无意间就伤害了一些人的自尊。

街上遇到给你递传单的年轻人，不要无视走过或者出言不逊，请停留一下，想收着就收着，不想收着就说句对不起，或者摆手示意一下，因为他们不容易，发出一张传单可能才挣一角人民币。

面对输掉比赛的对手，不要面露轻狂，请停留一下，面带微笑握一下手，或者挥手致意，那样你才更有胜利的样子。

你正在忙碌，孩子没啥事总喊你"妈妈"，不要当作没听到，或者大声说"干什么"，请停留一下，微笑着注视孩子，轻声告诉他，等不忙了会陪他。这是因为，孩子想你了，需要你的陪伴，才会有意无意地呼唤你，如果伤了他的自尊，慢慢就不会再喊你了。

每个人都需要别人的尊重，而尊重是相互的，所以要先尊重别人，在任何时候，在任何场合，都要为尊重停留几分钟，那样你就是世界上最值得尊重的人。

净吾心，正吾身

◎胡安运

次品相击，其音浑浊；精品碰撞，清音悦耳。瓷碗如此，人生亦然。

净吾心，方可洞察世间万物；正吾身，才能明智择友不怍于人。

世上最难的事情就是认识自己，我们最容易犯的错误就是以己度人：以己之朽木去探寻珍稀之沉香，以己之瓦缶去甄别雷鸣之黄钟，以己之砾石去撞击元窑之青花。结果我们得到什么呢？只能是成堆的朽木，成摞的瓦缶，成片的砾石。

如果我们把自己当作一面镜子，那么，你就要扪心自问：自己的心清净如泉吗？人们都知道苏东坡与佛印的一段故事：苏东坡跟佛印面对面坐着，佛印问他看到了什么，苏东坡说他看到了一坨粪。苏东坡问他又看到了什么，佛印说他看到了佛。禅师的心中有佛，所以才看你如佛；你心中有粪，所以才视禅师为粪。故曰，君子所见无不善，小人所见无不恶。

所以，你心无渣滓，才会看见世间的清明灵秀，才能看见远处的明山秀水，才能看见人生中明媚的风景。

心美者，能识人之美；心善者，能识人之善。这不仅需要你独具慧眼，更需要你有一颗澄明的心，有一个洁净的灵魂。

　　生活中常见的现象就是你能看见别人眼中的梁木，却看不见自己眼中的刺。对别人习惯于求全责备，对自己习惯于"宽大为怀"。常常戴着有色眼镜看人，看这个灰暗，看那个垃圾，这样的人永远也不会发现人性美的晶莹闪光，永远也听不到高山流水的和谐清音。

　　如果我们把自己当作一把尺子，那么，你就要反躬自省：自己的心坦荡如砥吗？你心地坦荡真诚，才能分辨世界的真假；你心灵淳朴善良，才能评判人间的善恶；你心美如花，才能鉴证世间美丑。拿一把弯尺，再高明的裁缝也剪不出合体的衣装；失去了精准的刻度，再高超的手艺也打造不了名牌精品。

　　《论语》中说，举直错诸枉，能使枉者直。这用人的理想固然不错，但是，是枉是直不能只听一面之词，只听一家之言，总须有一个客观标准，这标准就是一把衡量、遴选人才的尺度，有了恰当的尺度，才可能做到公平公正、科学透明。

　　为人处世也是这样，若要以己正人，先得自身端正。你危言危行，才能听到发自内心的正直的声音，才能发现直道而行的楷模。我们看时下流行的各种"范儿"，诸如"中国范儿""文艺范儿""潮范儿"等，给人的感觉"范儿"就是有气质，就是有格调，就是有品位，但是"范儿"这把尺子本身品位如何，关乎做人的根本，关乎社会潮流的走向，关乎国家民族的未来，不能不引起我们高度关注。

你若把自己当作一面窗子，那么，你就要面壁深思：自己的窗子光洁无尘吗？一个污迹斑斑的小窗，怎能看见纯净无染的蓝天白云？

神秀说："身是菩提树，心如明镜台，时时勤拂拭，勿使惹尘埃。"是的，身是菩提，才能感受别人的善意；心若明镜，才能明辨各种是非；若窗有阴霾，看万物必是黯然无色；心窗无尘，你才能看见今天的万里晴空阳光灿烂。

透过洁净的小窗，见沉香定长于卓然之芳林，见清泉必流于兰馨之幽谷。

所以，净吾心，正吾身，向往一轮明月遨游于澄明玉宇，心仪一枝幽兰尽享一怀自由清风，静赏世间那一曲高山流水，其乐何如？

可爱与可怕全在自己

◎赵荣霞

做数学题的时候，一个问题是一个答案，而在生活中，一个问题可以有两种答案。

老师给我讲过这样一个故事：

一位老人，每天都坐在路边的椅子上，向开车经过镇上的人打招呼。有一天，他的孙女在他身旁，陪他聊天。这时有一个游客模样的陌生人在路边四处打听，看样子想要找个地方住下来。

陌生人从老人身边走过，问道："请问大爷，住在这座城镇还不错吧？"

老人慢慢转过来回答："你原来住的城镇怎么样？"

游客说："在我原来住的地方，每个人都很喜欢批评别人。邻居之间常说闲话，总之那地方很不好。我真高兴能够离开，那不是个令人愉快的地方。"摇椅上的老人对陌生人说："那么我得告诉你，其实这里也差不多。"

过了一会儿，一辆载着一家人的大车在老人旁边的加油站停下来加油。车子慢慢开进加油站，停在老先生和他孙女坐的地方。

这时，一个中年男人从车上走下来，问老人："老人家，住在这市镇不错吧？"老人没有回答，反问道："你原来住的地方怎么样？"男人看着老人说："我原来住的城镇每个人都很亲切，人人都愿意帮助邻居。无论去哪里，总会有人跟你打招呼，说谢谢。我真舍不得离开。"老人看着那个男人，脸上露出和蔼的微笑："其实这里也差不多。"

车子开动了。那个男人向老人说了声谢谢，驱车离开了。等到那家人走远了，孙女抬头问老人："爷爷，为什么你告诉第一个人这里很可怕，却告诉第二个人这里很好呢？"老人慈祥地看着孙女说："不管你走到哪里，你都会带着自己的态度，那地方可怕或可爱，全在于你自己。"

这位老人把同一个问题给了不同的两个人两种答案。是的，别人对你的态度，取决于你自己。当你善待别人时，别人自然会善待你。如果你挑剔别人，别人也会挑剔你。所以，受到别人的误解和冷落，首先要在自己身上找原因。如果你对别人不热情，别人对你自然不会热情。别人就像你的一面镜子，照出的是你自己的态度。如果你用一颗充满仁爱的心去对待别人，那么，你一定能够收获别人真诚的关怀！

做好事已不是什么了不起的事了

◎罗　西

　　二十多年前的一天晚上，我与朋友阿伦在肯德基吃辣翅。我有个习惯，喜欢边吃东西边看人，我就是这样"阅人无数"的。有两位民工模样的年轻人端着汉堡包、饮料等正准备坐在我们旁边的一个座位上。从他们有点慌乱、不知所措的举止上看，显然他们是第一次来这种快餐厅。那个时候，肯德基刚刚进入福州。

　　可能是看见了我杯里的吸管，他们小声地商议了几句，其中一个便自告奋勇地来到漂亮的垃圾箱边徘徊，观摩了一圈又折回座位上，显然他们不知道吸管该从何处取。

　　这时，我听见他们中的一个人叫服务生过去……只听见服务生客气但大声地回答说："对不起，我们这里没有汤匙，更没有筷子！"我为那个农村男孩焦急，更为那个服务生的呆板与不善解人意而恼火，难道他一点也看不出来，他们正为找不到吸管而尴尬不已吗？

　　这时，朋友阿伦突然站起来，朗声地对我说："我的吸管掉在地上了，我再去拿一根……"从他挤眉弄眼的微笑中，我领会了他的意思：他想不露痕迹地用身体语言告诉两个质朴又爱面子的乡下男孩吸管在哪里，该如何取出……

抬手，亮出食指，一按……当阿伦夸张地教科书级别地取出一根吸管时，那两个男孩中的一个也跟着冲上去如法炮制拿了两根吸管，好像担心慢一步，那"机关"就会失灵似的。

杯里的橙汁已慢慢被吸尽。阿伦脸上一副心满意足的表情，仿佛中了个大奖。他是做了一件好事，很小很小，甚至微不足道，但他做得不露痕迹、恰如其分，受益人也不会因此而有些许难堪或不安。是的，做好事已不是什么了不起的事了，因为那也是一种"得"，但如何做好事，得之有德，就显得越来越重要了，因为互相尊重是现代文明最亮的那道光。

早年，出差上海，在公共汽车上，一位刚上车的老太太四处寻找座位，一个年轻人看见了，马上装睡。老太太走上前去，像祖母一样轻轻地拍了拍年轻人的肩膀，然后笑着问："小朋友，我应该在哪一站把你叫醒？"

那个年轻人就是我。

当时，实在太累了，我才那么自私与狡猾。

老太太的话绵里藏针，十分幽默得体，我心服口服。无形中，她也"送"出一份宝贵的礼物给我——内疚。

她做了一件不拘一格的好事。做好事已不是什么了不起的事了，如果心怀慈悲，你批评一个人也是做好事。

"好事""善举"往往自带俯瞰的优越感与高调的"胜利感"，而一个成熟的有智慧的好人，会很注意自己做好事的分寸感与其"副作用"，会特别收敛、细致、小心，这就是修养。

做个有修为的好人，内心是富饶仁慈的。出手阔绰而友善，有情怀，才是真正的关怀。善良如果与智慧、尊重、慈悲等结合在一起，就是尽善尽美。

对一本书的尊重

◎ 张君燕

美国作家亨利在三十多岁时，突然对政治产生了兴趣，还参与了当年州议员的竞选。当时，亨利已经小有名气，出版了好几部小说。而巧合的是，亨利的竞争者米勒也是当地一位著名的作家。

在州议员竞选演说当天，米勒首先出场。走向讲台时，米勒手里拿着一本书，还不时地刻意朝众人挥舞，原来他手里拿着的是一本亨利的小说。就在大家猜测米勒带着一本亨利的小说有什么用意时，米勒走到讲台边，自语道："这张桌子似乎有点高。"随即，他把手里的书放在地上，双脚踩了上去，然后笑着说："感谢这本书，增加了我的高度。"众人见状，顿时明白了米勒的用意，他的支持者们更会心地大笑起来，并发出阵阵掌声。

轮到亨利上场时，他的手里竟然也拿着一本书，对，是米勒的书。来到讲台上，亨利毫不示弱地说："虽然我已经够高了，但这本书会让我变得更高。"接着他便效仿了米勒的动作，把书踩在了脚底下。不过，发表完演说后，亨利没有像米勒那样把书踢到一旁扬长而去，而是弯腰捡起地上米勒的书，轻轻拍了拍上面的灰尘，笑着说："感谢它增加了我的高度，所以我要好好保管它。"说完，亨利把书抱在怀里走下了台。

最后，亨利顺利地当选为州议员。竞选结果出来后，当地一家媒体这样写道："其实，两个人的实力相当，表现得也都不错，而亨利之所以胜出，可能是因为他比米勒多了一份尊重。"

谦卑之道

◎张　梅

　　谦卑，"谦虚，不自高自大"之意也。语出战国时期的《尹文子·大道上》："齐有黄公者，好谦卑。"宋代诗人李觏的《回廖解元所业》云："众恶吾虽察，谦卑孰敢逾。"谦卑是一种修养，一种美德。懂得谦卑，学会谦卑，也是为人处世必备的素质。

　　印度著名诗人泰戈尔曾经说过："当我们大为谦卑的时候，便是我们最近于伟大的时候。"这是他人生经验的积累和顿悟。在这方面，蔡元培给我们做出了表率。

　　1917年1月4日，一辆四轮马车驶进北京大学的校门。

　　此时，早有两排工友恭恭敬敬地站在道路两侧，向蔡元培——这位刚刚被任命为北大校长的传奇人物鞠躬致敬。

　　蔡元培见此，缓缓走下马车，摘下自己的礼帽，向这些校园杂工们鞠躬回礼。

　　在场的所有人都惊呆了。因为，这在北京大学可是从来没有过的事情呀。那时的北大，是一所等级森严的官办大学，校长享受官员的待遇。过去的校长，从来就不把这些工友放在眼里。但是，今天，蔡校长的举动太让人意外了。

　　像蔡元培这样地位显赫的人物，向身份卑微的工友行礼，在当时的北大乃至中国都是罕见的现象。可是，蔡元培变得卑微了吗？没有！恰恰相反，他的这一举动，足以向世人树起一面如何做人的旗帜！

这是正面的例子。反面的教材也有。

三国时期的祢衡，起初被孔融推荐给曹操。

第一次见到曹操时，只因曹操没有请其坐下，祢衡便仰天长叹："天地虽然这么大，可竟然没有一个人能行啊！"接着，就不知天高地厚地把曹操手下的文官武将悉数贬了一遍："荀彧可使吊丧问疾，荀攸可使看坟守墓，程昱可使关门闭户，郭嘉可使白词念赋，张辽可使击鼓鸣金，许褚可使牧牛放马，乐进可使取状读诏，李典可使传书送檄，吕虔可使磨刀铸剑，满宠可使饮酒食糟，于禁可使负版筑墙，徐晃可使屠狗杀猪，夏侯惇称为'完体将军'，曹子孝呼为'要钱太守'。其余皆是衣架、饭囊、酒桶、肉袋耳。"同时自夸曰："天文地理，无一不通；三教九流，无所不晓。上可以致君为尧、舜，下可以配德于孔、颜。岂与俗了共论乎！"

对于这样一个狂傲自大的家伙，曹操岂能容他，最终把他赶出了府门。

然而，祢衡不但不加以收敛，还是到处张扬。后来他又去见刘表、黄祖，走一处把别人贬一处，终于被恼怒的黄祖砍掉了脑袋。

祢衡的下场，足以警示今人。

很多人都知道，在秦始皇兵马俑博物馆，有一尊被称为"镇馆之宝"的跪射俑。它被誉为兵马俑中的精华，中国古代雕塑艺术的杰作。

这尊跪射俑，左腿曲蹲，右膝跪地，右足竖起，足尖抵地；上身微左侧，双目炯炯，凝视左前方；两手在身体右侧，一上一下作持弓弩状。在兵马俑坑出土、清理的上千尊陶俑中，除了跪射俑外，其他皆有不同程度的损坏，需要人工修复。而这尊跪射俑却是保存得最完整的，就连衣纹、发丝都还清晰可见。

这是什么原因呢？专家告诉我们，这得益于它的低姿态。跪射俑身高只有一点二米，而普通立姿兵马俑的身高都在一点八米至一点九七米之间。兵马俑坑都是地下坑道式土木结构建筑，当棚顶塌陷，土木俱下时，高大的立姿俑首先遭到破坏，而低姿态的跪射俑受损害就会小一些。加之，跪射俑作蹲跪姿，右膝、右足、左足三个支点呈等腰三角形支撑着上体，重心在下，增强了稳定性。

其实，放低姿态，并不是卑躬屈膝，更不是低三下四，而恰恰显示了自己的崇高。

倘若不把任何人放在眼里，那最终的结局就是：任何人也不会把你放在眼里！

慎微不可缺

◎乔兆军

所谓慎微，是指注重小事，于细微处自省自律。古今凡有作为者，无不始于慎微，成于慎微。《资治通鉴》有云："尽小者大，慎微者著。"汉代学者刘安在《淮南子·人间训》中说："圣人敬小慎微，动不失时。"

唐德宗时，陆贽官居宰相，他为官清廉，从不接受别人的贿赂。连德宗皇帝都觉得他太"不近人情"，劝道："爱卿太过清廉了，像马鞭靴子这样的小礼物收也无妨。"陆贽则回答说："贿道一开，辗转滋厚。鞭靴不已，必及衣裘；衣裘不已，必及币帛；币帛不已，必及车舆；车舆不已，必及金璧。"

在陆贽看来，"鞭靴之贪"的念头不能有。倘若受贿的口子一开，便如决堤之水，一发不可收拾。他清楚要遏制贪腐最有效的手段就是关口前移，把欲望扼杀在萌芽状态。陆贽这种慎微的律己态度，让后人肃然起敬。

罗马不是一天建成的，贪腐分子也不是"一步到位"的，他们的堕落几乎都有一个共同点，从最初的吃一点、拿一点、贪一点开始，慢慢胃口越来越大，"成长"为巨贪。天津教育科学研究院原院长武红军下台前，居然这样说："不就是吃点喝点吗？"成了政治上不折不扣的"糊涂人"。正所谓"不矜细行，终累大德。为山九仞，功亏一篑"。

明代哲学家王延相有一天乘轿进城，途中遇到下雨，一个轿夫那天恰巧穿了双新鞋，开始轿夫还非常小心，总是躲着泥水走，生怕弄脏了鞋子。进城后泥泞渐多，轿夫一不小心，踩进了泥水坑，之后便"不复顾惜"了。由此王延相感叹："居身之道，亦犹是耳，倘一失足，将无所不至矣！"

突破了"第一道防线"，纵容了自己，一旦形成习惯，渐渐就会绿灯大开，熟视无睹，漠然置之，也就"不复顾惜"了。倘若面对"第一次"，意志坚定，不存侥幸之心，自警自省，就能守住底线，拒污浊于千里之外，也就能慎之初，善始终。

有这样一则寓言：一个偷针者和一个偷牛者一起被游街，偷针者感到委屈，发牢骚说："我只偷了一根针，为什么和盗牛贼一起游街？太不公平了！"盗牛者对他说："别说了，我走到这一步也是从偷针开始的。"

慎微，不是小题大做，而是从小处用心，对大处负责。《韩非子》曰："千丈之堤，以蝼蚁之穴溃；百尺之室，以突隙之烟焚。"没有了"慎微"，人生就打开了贪腐的缺口。总之一句话，小处不可随便，"小节"不保，大节难守。做人、做官都要时刻明白"小者大之源"的道理，慎小事，拘小节，防微杜渐，自重自爱，一身正气。

习惯仰望幸福

◎李 静

一

朋友安安为了自己的梦想，曾放弃稳定的工作，重回学校继续学习，终于如愿以偿，进入理想的公司，可她依然不开心。

起初的日子，她对工作不熟悉，忙得焦头烂额。她一边寻找恰当的方法，一边安慰自己熬过这段日子就会好的。可半年过去了，部门经理给她加大了工作量，她依然很忙。

安安不服气，经常向我抱怨，为什么只有她那么不幸，每天要承受那些干不完的工作？别的同事都很悠闲，尤其是她的师傅。整天不是看视频、打理网店，就是出去晒太阳。不仅从来不加班，就是能看到她认真工作的时间也屈指可数。可这是安安梦寐以求的公司，她不敢轻言放弃，每天都嫉妒着师傅的悠闲，却又不得不埋头苦干。

慢慢地，安安愈发觉得自己不幸，她觉得不管自己多努力，也很难有发展。就在她打算消极怠工时，竟在出国进修的名单里看到了自己的名字。以她的资历，排在她前面的同事还有很多，尤其是她的师傅。

进修回来，安安告诉我，其实那个机会是她师傅的，本来公司打算晋升她，但她工作状态消极没有通过考察。那一刻，她终于发觉，自己也没有想象中的那么不幸，只不过是习惯嫉妒而已。

二

同事乔姐的儿子是由爷爷奶奶带大的，爷爷不主张让孩子掌握太多特长，而乔姐却坚持让孩子学钢琴、学画画、学冰球，为此多次发生争执。

乔姐虽然不想让孩子输在起跑线上，但她和老公都经常出差，也实在顾不上孩子。后来，孩子的确没按照她的规划成长，而爷爷却按照孩子的兴趣教他下国际象棋、练习书法，还经常带他到图书馆看书。乔姐看似是接受了，可办公室里只要谁炫娃，她就咬牙切齿，甚至闭口不提儿子。

直到儿子上了小学，乔姐也没能扭转局面。她偶尔和我开玩笑，说她真是个不幸的妈妈，这个孩子只能放任自流了，如果生二胎，她一定从胎教开始，让孩子按照她的思维成长。令乔姐始料未及的是，孩子的学习成绩不仅名列前茅，后来还迷上了写作，小小年纪就出了书。

当孩子固有的成长模式被颠覆时，乔姐一度很绝望。直到孩子在另一条道路上越走越远，她才发现，所谓的不幸，除了画在心里的起跑线，还有那颗习惯攀比的心。

三

表妹从上学时就在寄宿学校，后来考上外地的大学，又出国读研，生命中似乎早已铭刻了坚强与独立。本来她觉得这样也挺好的，可回国后的生活却改变了她的想法。

那天，邻居吴阿姨来串门，她本在房间上网，却无意中听到吴阿姨和她妈妈说起自己的女儿。吴阿姨说她女儿一直都长不大，以前每天过着公主般的生活，现在结婚了，自己家成了旅馆，每天还是跟着吴阿姨吃饭，脏衣服也是吴阿姨给洗，生活没有丝毫改变。

表妹再也坐不住了，吴阿姨刚出门，她就跑出去质问她妈妈，为什么她这么不幸，从小就没过过一天公主般的生活。她妈妈毫不客气地告诉她不要妄想了，这种不幸是财富。

表妹不能接受，甚至四处打听别人的成长经历，越打听越觉得自己委屈。直到前几天，她陪我去医院看同事，无意中看到吴阿姨的女儿蹲在走廊里哭。让我们没想到的是她哭的原因竟然是吴阿姨生病了，她想照顾，却什么都不会做。

表妹和我面面相觑，那时她才知道，没有必要妄想别人的幸福，也许自己的不幸就是最大的幸福。

有时我们身处幸福之中，自己却全然不知。往往，你对生活的态度决定了你是否幸福。有些所谓的不幸，不过是你的嫉妒、攀比与妄想而已。其实，珍惜当下，就是最大的幸福，你所谓的不幸，只是因为你习惯仰望幸福。

生活不是选择题

◎渊　默

　　经历了很多次教训之后，我终于明白了，生活是混沌的，充满了各种各样的中间状态，根本就不是一道选择题。

　　特别是有时候，你感觉自己站在真理一边，但事实上，没有一个人站在你的一边，明确表示对你的支持。他们心中也认为你是对的，但碍于情面，他们不愿得罪你的对立面。所以，你自以为真理在握，但结果，你还是孤家寡人。

　　因为生活不是一道选择题。如果是一道选择题，你选对了，你就能获得幸福。但生活不是。有时候，你的确是对的，但对，却不能保证你就能获得幸福。

　　经历了无数次的实验之后，我终于死心了。的确，生活不是一道选择题，生活不是用来判断对错的，生活是用来感受快乐的。

　　我曾经那样信誓旦旦，觉得人不能被现成的规范所约束，人应该有勇气来改变这个成规，弄出更合理的也更积极的价值观来，但最后，我还是败下阵来，接受这样一个事实：生活不是一道选择题。

　　自然，你说人心死了，我还是不信。我只是觉得，人心蛰伏着，没有醒过来而已，甚至也不敢醒过来。如果人心全部醒了，那么生活是可以过成一道选择题的，是非对错，一目了然，你只能选择其一，不能模棱两可。但正因为人心睡着了，没有醒过来，所以你一个人醒着，做着生活这道选择题，做得越正确，你越孤立。从这个角度思考，我理解屈原的孤独和孤傲。他正因为把生活过成了一道选择题，所以汨罗江成为他最后的选择。

那就换一种方式，把生活不当成一道选择题来做。

生活中，对于他人的对错，不当成一道选择题。承认他人有错的权利，就像承认自己有对的权利一样。当然，这样一来，是否意味着，自己对他人没有尽到规劝的义务？也许吧。但因为这个世界上，正如我一样，很少有人能用宽广的心胸对待他人的建议和批评，所以，正道直行，除了给自己增加一个又一个不必要的敌人之外，似乎没有多大意义。这个世界，喜欢听甜言蜜语的人，比喜欢听直言讽谏的人，多得多。那么，除非是对最信任的朋友可以直来直去，对其他人，如果没有委婉讽谏的本事，那就最好缄口不语了。

我知道这是大多数老于世故的人的处世之道，虽然我与这种处世之道是明显格格不入的，但我也不得不承认，这种处世之道，可以给自己减少不少麻烦。既然生活不是一道选择题，执着于他人的对错，就显得有点无事生非了。

虽然我可以退一步，不计较他人的对错，甚至可以漠视他人的错，但对自己的错，哪怕是小错，也要斤斤计较。对他人，生活不是一道选择题，我可以不管对错。但对自己，生活就是一道选择题，有对有错，有美有丑。我只能选对的，选美的，绝不能选错的，选丑的。如果我也同流合污，选择错的丑的，那么，我就对自己没有尽到责任，我就是一个没有主见的人，我就是一个懦夫。

这样来看，包容他人的过错，对自己则铁面无私，这就是做人的基本规范了。说到底，还是"严于律己，宽以待人"那句老话。

生活不是一道选择题，这是处理人际关系的一条重要原则。不能拿量自己的尺子去量他人，量生活。自己是自己，他人是他人，泾渭分明，可不能混为一谈呀！

活着，就是最美的风景

◎向墅平

一

在外面辗转数月后，回到居所，才惊见阳台上那盆花，因长时间无人浇水，已然干渴至枯萎而逝。

一位衣衫褴褛的乞丐，面目狰狞地倒毙于路旁。看那一张被饥饿摧残至变形的脸，许是久未进食了。

大凡生命，缺了水或者食物，便难以维持自身。物质之需，是活着的基本条件。

二

听过一则故事。一个身强体壮的男人，在一次意外漂流中，被命运抛到一座孤岛。岛上存有不知是谁留下的食物，还有一些菜地，可以生存下去。可是，男人因难耐孤独，放弃了活下去的希望，自杀而死。

也认识这样一个人。他原本有比较优裕的物质生活条件，可在极度无聊之下，迷上了吸毒，并且不能自拔。毒品渐渐侵蚀了他原本健康的身体，掏空了他的内心。前一段时间于戒毒所再见他时，仿如惊睹一具只有气息尚存的空壳。

精神的支撑，同样是活着的重要保障。

三

活着，还有档次和层次之分。

人家住豪宅，开香车，穿名牌，吃海味山珍；你住平房，挤公交，穿布衣，吃粗茶淡饭。这即是档次之分，属于物质范畴。

人家读名著，去歌剧院看戏，寄情于赋词作画；你玩牌九，去KTV嗨歌，沉浸于声色犬马。这即是层次之分，属于精神范畴。

有了档次和层次的分别，也就有了活着的不同境界。

四

活着，离不开爱与被爱。

无论身边还是远方，真诚相交的朋友，心心相印的男女，温暖相依的亲人，都值得彼此间的爱与被爱。没有了友情，还有爱情；没有了爱情，还有亲情。

哪怕是萍水相逢，或者是泛泛之交，彼此间都可以让爱意绵延，这即是活着的美好。

五

他，出身贫寒，却与一个富家女相爱。

他被招赘入豪门。但他没有因妻家富有，而对岳父母奉若尊主唯命是从地生活。他不卑不亢地与他们相处，并通过自己的努力，开创了一番事业，赢得了爱人及其家人的尊重。

她，一个普通女子，却偏偏嫁入高干之家。

虽然，丈夫对她真心呵护，可其家人却从心底瞧不起她，事事处处刁难她。她忍气吞声，逆来顺受地过着日子，只为换取在外人眼里那份很光鲜的虚荣。

学会有尊严地活着，应该是生而为人的一堂必修课。

六

能主动选择自己的活法，应算是人间的喜剧。

你可以活在忙忙碌碌中，可以活在自在无为中，可以活在淡泊宁静中，可以活在轰轰烈烈中……

而那些被迫接受的活法，却是人间的悲剧。

被迫活在暗无天日中，被迫活在表面风光中，被迫活在饥寒交迫中，被迫活在锦衣玉食中……

主动与被动，虽然都是活着，却有着不同的温度。

七

朋友S君，身患绝症已有数年。

曾被医生下了"死亡通牒"——活不过一年半载的他，却以自己无比的毅力与无限的乐观，顽强而快乐地活到了现在。

那天，去探望S君。

我陪着他，一同散步于他精心培育的那片屋后花园中。

花园里，满目缤纷，好美。

S君早年颠沛流离，近些年又历经婚变、重病之劫，却依然活得很好。

望着笑靥如花且神采奕奕的S君，忽然明白，活着，就是最美的风景！

日出之前是星空

◎赵立志

与朋友相约一起爬泰山看日出，放言无论多累都要看到向往已久的日出。

到了山顶，已是傍晚，疲惫的身躯和饥饿的肚子让我们无暇顾及眼前的风景，抓紧时间找个落脚的地方才是正事。山顶的宾馆不像山下的舒适，简陋而又潮湿。高昂的价格让许多旅客放弃休息，七八个人共处一间房屋，抽烟、打牌、聊天……用所有能用的方式打发"无用"的时间——对于大部分看日出的人来说，所有与日出无关的时间都是无用的，甚至是多余的。

简单吃了晚饭，朋友便早早睡下了，要保持充足的体力和精力去看明早的日出。我是睡不着的，每每有让我兴奋的事情时，我都是无法安然入眠的，这次看日出也不例外。

山顶的信号极差，让我无法通过手机屏幕了解外面的花花世界，大有与世隔绝之感。百无聊赖之际，我选择出去走走，看看泰山之巅的夜景。我穿上事先租好的军大衣，拿着手机，小心翼翼地关上房门向外面走去。

来到山街上，除了寥寥数家小商贩还亮着微弱的灯光，其他地方悉数被夜色包围，漆黑一片。心想，泰山之巅的景色固然美不胜收，可在这夜幕之下也只能偃旗息鼓了。或许人生也是这样，即便你能力无限，奈何没有阳光把你照亮；是金子总会发光，奈何被埋在了人们看不到的地方。

正准备回屋睡了，抬头看天空，竟然发现了"消失"已久的星星——因为空气质量和城市灯光等原因，已经许久没看到星星了。原以为它们被人们忽略了那么久，也许都已经消失了吧，却没想到它们竟一颗不少地挂在那儿，明晃晃的。夜色不仅没有埋没它们，反而让它们能无限地闪耀着自己的光芒，大自然真是神奇，令万事万物相生相克、相随相伴，甚至相得益彰，比如这夜空中的星辰。

心中顿感无限开阔，夜色下的美景，因没有阳光普照而被深埋，星辰却因没有太阳而更加凸显。待到日出东隅，星辰隐没，美景浮现，谁又能说，星星消失不见了？

再次仰望星空，发现它们相距很近，密密麻麻，但我知道，其实它们之间的距离是要用光年来测量的，遥不可及。我们看到的星光，可能是它几十年甚是几百几千年以前发出的。我们赖以生存的地球，是这浩瀚星海中小小的一颗，而我们则是这小小星球中更加渺小的存在，沧海一粟，甚至可以忽略不计，百年之后，化作一粒尘埃，消失得无影无踪。

曾有诗云："空间过于可怕，时间过于可悲。"有我之前，"我"是一粒尘埃，百年之后，仍是一粒尘埃。对于空间和时间，哪个才是真的"我"，或者说"我"又是这空间和时间所形成的坐标系中的哪一个？都是，又都不是，所谓"空即是色，色即是空"，正是讲述这"是也不是，不是也是"的道理。

或许，在这浩瀚宇宙之中，只有此时、此刻、此地、此境才是真正的我，才真正属于我。而在茫茫人海中，我又是哪一个呢？随着时间消逝，空间变换，一个一个的"我"将被新的"我"所替代，而新的"我"又是在曾经的"我"的基础上出现的。这些曾经的过往，都只是我活着的证明。

在这山巅之上，夜幕之下，日出之前，无垠的星空让我对人生、对生命产生了无限的思考，有了更多的领悟。那些贴在我身上的社会标签，在此刻无疑都是虚妄。而那些我曾追求的爱情、执着的友情、挂念的亲情，一桩桩也皆为过眼云烟。

"凡所有相，皆是虚妄……如露亦如电，应作如是观。"在这个世界上，没有什么是永恒不变的，如果说有，那么永恒不变的就是"变"。既然人生无常，我们又何必执着，企图用一种不永恒去填充并拉长另一种不永恒呢？

面对星空，一夜未眠。当天边照射出第一缕阳光，星辰便隐去了，与世无争。看日出的人们也纷纷从房间里出来，兴奋得如鸟兽般冲上玉皇顶，要目睹太阳的"诞生"。朋友催促我让我赶快上去，不然来不及了，我说："日出之前我已经看过星空了。"

第三部分

坚定是生命的黄金

极简主义的身体力行者

◎甘正气

现在，极简主义是个流行词，但是正如"真爱"与"闲暇"一样，被提到的次数越多似乎表明它们越稀少。这时，我们也许可以找几个榜样学学，看看能不能依葫芦画瓢，收一点"刻鹄不成尚类鹜"之功。

孔子是提倡极简主义的老祖宗，他曾经说过："饭疏食饮水，曲肱而枕之，乐亦在其中矣。不义而富且贵，于我如浮云。"在实际生活中他是不是一个极简主义者，这另当别论，但弯着胳膊当枕头就是十足的极简主义口号啊。

他的得意门生颜回是一位货真价实的极简主义者，孔子曾经大赞他："一箪食，一瓢饮，在陋巷，人不堪其忧，回也不改其乐。贤哉，回也！"至于颜回是因为生活窘迫不得不这样，还是他主动选择过这种生活，我们没有确切的证据。如果《庄子·杂篇·让王》可信的话，那么颜回的资本还是很足的，因为这其中记载了颜回的话，他说："回有郭外之田五十亩，足以给饘粥；郭内之田十亩，足以为丝麻。"由此看来，颜回其实是一个小地主。

孔子另一个弟子原宪好像对物质财富更没追求，《庄子》的同一篇也写到了他的事迹，说："原宪居鲁，环堵之室，茨以生草；蓬户不完，桑以为枢；而瓮牖二室，褐以为塞；上漏下湿，匡坐而弦。"就是蜗居陋室、家徒四壁、屋无片瓦。真的是简单到了极致，和后世的杜甫差不多。

但这些都给人印象不深，因为没有什么故事性，并且不能体现极简主义者的"断舍离"风格。

古希腊的第欧根尼是一位极具个性的高人。他的轶事非常多，只说最能体现其极简主义做派的一件小事。有一天他拿着杯子去瀑布边接水饮用，突然发现一个小孩子直接用手捧着一点水喝，他立马把自己的杯子给扔了。

不动声色的极简主义者最令人佩服，东晋的王恭就是这样的人。《晋书·王恭传》开篇就写了这么一个故事。

王恭曾经和父亲到过会稽，回来后，他一个好朋友王忱来拜访，看到王恭坐着一床竹席，就想当然地以为王恭有很多竹席（似乎那时会稽盛产竹器，《兰亭集序》不是说会稽有"茂林修竹"嘛，好像竹子不少），于是找他要，王恭也就送给了他，于是他以后只能坐草垫了。王忱听说后非常吃惊，王恭就说了："吾平生无长物。"（《世说新语》里也有类似的记载）意思就是说，我从来没有多余的东西，这也就是成语"身无长物"的来源。我曾在一个槟榔加工业极为发达的城市工作过，但我也从来没有一颗多余的槟榔，如果有人找我索要槟榔，我只能去买。

《晋书》的作者没有说王恭贫穷，而是点评道："其简率如此。"乔布斯总是穿着牛仔裤，难道是因为买不起西裤吗？

极简主义更多的是一种境界。

独处之曼妙

◎黄镇坤

日子有时清闲而安逸，有时忙碌而充实。然而，无论是怎样的日子，我总偏爱清静。清静的时光就像一壶酒——一壶陈年的老酒。我喜欢泡在这壶"老酒"里，做最真实的自己。

通往清静的最佳路径是什么呢？

尘世纷繁喧嚣。依我看，通往清静的最佳路径莫过于独处。

从表面上看，一个人独处的样子似乎有些孤独，甚至有些凄美，可其实，一个人独处的样子最自由。在这自由的王国里，不缺安静，不缺平和，不缺恬淡，不缺纯真。因此，一个人独处的样子颇显静美。在人类的生活日趋繁华、城市车水马龙的喧嚣渐渐湮没了田园村落的自然宁静的今天，活在这世上的我们都不太安静，更难得清静。因此，在繁芜的生活中，能拥有一时半会儿的清静与悠然，难能可贵。

一个人找一安静的角落，将自己紧紧地围囿在里头，不受他人左右，不受环境干扰，任心情游走，任思绪飞扬。或者让自己沉静下来，执一份淡定情怀，拥一份云水禅心，静观花开花谢，闲看天高云淡，把红尘的纷扰、陌上的繁华都视若浮云，把名誉、地位、权力、利益置之度外，让自己活得简单、充实。在拥一份闲情逸致的轻松自在中静悟岁月，静悟人生。

　　是的，一个人独处一处的悠然曼妙，就是可以自由地或者说随心所欲地做自己想做的许多事儿。

　　在一个人独处的时候，你可以泡一壶茶——一壶你喜欢喝的茶，一边轻斟浅酌，一边看着枯黄的茶叶在沸水中翻腾，去思索在尘世中沉沉浮浮、起起落落的人生；你可以听一曲喜欢的曲子，或宛转悠扬或悦耳恬静，或曼妙空灵或舒缓动人……其中一定有一句两句能深深打动你的歌词或一段入你心入你肺令你心旷神怡的音律让你陶醉其中；你可以闭门谢客，静对一本你喜欢的书，享受文字的优雅婉约，享受字里行间里流淌的细雨清风，让一颗心穿过寂寞，与清雅高贵的灵魂重逢；你可以信马由缰、步履轻盈地顺着一条山间小路蜿蜒而行，任径上铺满落花，任径上落满红叶，任多情的晚风拂乱你的秀发，任悦耳的鸟鸣声掺和着树叶的窸窣声在林子里诉说着季节和土地的喜悦；你可以凭栏看月圆，赏春花，心如简，淡如菊，聆听花开的声音；你可以独自穿行于熙熙攘攘的人群中，内心坚持一份自持，在纷扰的红尘中，内心里默守那抹清凉；你可以一个人去看一场电影，或一个人去喝一杯咖啡，或一个人来一场说走就走、或远或近的旅行……

　　总之，独处就是一个人寻一安静的去处，默默地享受一个人的空间和时间，默默地享受一个人的氛围和浪漫。一个人独处一处，没有他人在场，不必伪装，不必表演，不必强颜欢笑，不必变着脸去面对和逢迎不同的人……当你摆脱了人与人的交织、事与事的纠缠，你的内心自然就会变得轻松、澄明。

在这纷繁喧嚣的世界中，人是很容易心浮气躁的，也很容易让嘈杂的声浪淹没了。因此，为了内心的轻松和澄明，一个人是需要时不时地独处一阵子的。一个人独处，让自己安静、清静下来，让自己真正地享受一下独处的时光；一个人独处，拥有一片静谧的时间和空间，清心寡欲，逍遥自在，感受自我，静思内省，清除灵魂中的污垢，让灵魂彻底净化。

独处并不意味着孤独，独处也不是逃避人群，封闭自己。相反，独处就是在纷扰中寻一片属于自己的净土，淡泊心境，沉淀自己；独处是自己与自己的一次真诚坦荡的对话，是审视和洞悉自己的一种好方法。只有乐于独处的人，才能在独处中观察、思考、分析、沉潜，才能有独到的见解、独特的领悟，从而拥有一颗自由的心灵；只有乐于独处的人，才能享受到独处给人带来的轻松和快乐。

生命的旅途，一程有一程的风景。一个人时不时地独处一阵子，适时地摆脱生命外表的喧闹与不安，将心灵放空，享受独处的曼妙，并静看时光旖旎，尽情地体会安静和清静所带给你的那份旷达与纯净，会觉得精神更焕发，意志更坚强，责任更明晰，欲望更淡漠，也会因妥帖而睡得安稳，因宁静而生暖。

独处，是一种安静的享受，是一种浪漫的情怀。多少人大半辈子的努力和追求都渴望着命运的波澜，可到最后才发现，人生最曼妙的风景，是内心的淡定。

多留一些属于自己的空间和时间吧，你可以慢慢地把纷杂的思绪梳理一下，进而反省沉思，进而一步步走向自己，一点点看清自己。到了这时，你便可以听到山涧的泉水那潺潺的水流的声音，可以听到路边的野花那簌簌的花开的声音，可以感觉到身边的风柔柔的暖意，可以闻到空气中淡淡的花香，进而看到自己的灵魂，听到你生命里传出的歌声……

由此可见，独处是你生命中一道多优美多亮丽的风景线呀！

以土为德

◎陈国江

　　360百科解释，土由各类岩石经风化作用而成。土是尚未固结成岩的松、软堆积物，主要为第四纪时的产物。土不具有刚性的联结，物理状态多变，力学强度低。土位于地壳的表层。

　　土和空气、水、阳光一样，都是上天赐予我们的最廉价的物质。

　　人们常说，太阳和月亮，一阳一阴，代表了男人和女人。而我说，土和水，一刚一柔，代表了父亲和母亲。没有水，土是一片荒漠；没有土，水是一片汪洋。当水遇上土，土遇见了水，托太阳为媒，才有了爱，才孕育了万物，才使得我们这片大地上如此景象万千、美丽缤纷、绚丽多彩，才有了生动活泼依靠土地而生存的各种动植物。

　　土是最慷慨的，无私的。谁对它付出多少殷勤，它就对谁有多少回报。过去人们说，官出于民，民出于土。那就是说农民靠种地，官吏靠收税，都是一种生活形态、一种生存方式。如今，尽管科学如此发达，我们的粮食，我们的蔬菜，我们穿的、住的、用的，许许多多的生活物资，还依然离不开土地的产出。土地把所有的产出，全部毫无保留地奉献给了人类。

土是诚实的，从来不吹牛，不说谎。你付出多少劳动和投入，它就回报多少果实和收获。土地对勤劳的人，从不辜负；对懒惰的人，从不怜惜。土地的诚实，在于它对人公正、守信，在于它对人随和、尊重。人想种什么，人想怎么种，它都随人意。哪怕人什么也不种，它也允许杂草丛生。从来没有地误人，只有人误地。人误地一时，地则误人一年。

　　土是深厚的。如果我们只看到土的表面繁华，那就是我们太浅薄了。你可知道，土里的蕴藏是多么丰富？科学告诉我们，土里蕴藏着丰富的矿藏，许多的物质都可以从土里开采提炼，比如石油、煤炭、稀土、化石。古墓也出自土地，它不是矿藏，但它也有无价的财富，更蕴藏着历史真相。土里有丰富的、惊人的、无价的、神秘的物质世界。土里还有无穷的秘密不为人们所知，依然需要人类不断地开掘、探索和考证。人们总说，三山六水一分田，似乎说明土在我们这个星球上是最少的。事实上，土的深厚与低调，使人产生了错误的认识。水再深，也有土做底。水再多，也还是载于土。土承载万物，自然也承载着水。

　　土是包容的。人是这个世界上最聪明的生物，最后归于何处？归于尘土。即使千百年之前的帝王将相被深埋于大墓之中，又有几个是不朽之身？还不是化为了土？亿万年以来，土地上发生过多少惊天动地、惊心动魄的灾害？发生过多少沧海桑田、山河颠倒的巨变？发生过多少温情浪漫、缠绵悱恻的故事？又发生过多少硝烟弥漫、战火连天的战争？如今，一切皆归于尘土，沉寂于深土之中。至于人类对土地的种种伤害，农药、化肥、污秽、垃圾、杂物、病死的牲畜，一切人类所弃之物，都被扔到地上，埋到土里。土何曾有过半句怨言？还不是默默承载了一切？

土是自解的。水能自净，土能自解。无论是动物腐臭的尸体，还是植物枯萎的茎叶，埋在土里，只要给予足够的时间，都会自我消解于无形，形成良性循环。哪怕就是参天树木，也会化为尘土。自从政府禁止农作物秸秆焚烧以来，我的一亩三分地，夏季麦草，秋季稻草，一年两季粉碎还田，最后都化为泥土。所以，土从不会因为人们弃于它脏物杂物而耿耿于怀，郁结于胸，使自己不得开心。人若是有这种神奇的自解之力，该免了多少人间恩怨是非？

君子常将"厚德载物"悬于高堂，就是时刻提醒自己，要以土为德，慷慨、诚实、深厚、包容、自解。要像大地一样，以宽广深厚的好品行来承载万物，包容万物，滋养万物，造福万物。

大地上的声音

◎王吴军

　　大地上是有着众多不同的声音的。而且，大地上的有些声音是无法用耳朵听见的，不过，这些声音却是可以用心感觉得到的。有些声音可以在心中蓬勃地滋长，甚至变得很响亮，很巨大，但耳边却没有任何的响动。

　　走在草木茂盛的乡野林间，耳朵里听不到都市中的喧嚣之声，静谧，安详，鸟的歌声，虫的鸣叫，微风吹拂，庄稼摇曳。这些，是不闹腾的声音。

　　身在红尘，你如果要想听到某些声音，必须静下心来，让这些声音在心头萌动、流淌，你必须要用心去细细感觉。大地上的每一种生命都是一直在不断运转的，大地上所有的生命都在生命的河流里不断流动着，充满了各自的活力。

　　读大学的时候，我的一位哲学老师教导我说，人生活在大地上，必须要让自己具有静止的流水一般的心境。我当时颇为怀疑，大地上的流水都是流动的，流水哪里会有静止不动的呢？因为，流水是流动的水，既然是流动的水，便根本无法在流动的同时保持静止。所以，在大学时期我一直在想，大地上的声音也是如此，既然是声音，哪里会有用耳朵听不见的声音？既然用耳朵听不见，那就不应该叫作声音的。

但是，我的哲学老师说，静止的流水是一种心灵状态，用心去感觉那些用耳朵听不见的声音也是一种心灵状态。让心灵保持静止和安详，并不是说生命与世界的相互作用会暂时停止下来。心灵静止和安详的时候，沉思依然在心灵中不断流动着，而智慧则常常在这样的心灵状态中产生出来。

我懂得了，那些表面的现象是不能决定所有的状态的。在你心中响起来的各种声音，别人用耳朵是听不见的，那是心声，心声没有响动，却发自肺腑。别人心中的声音你也是听不见的。同样的道理，大地上有许多的声音不是在耳边响起的，而是来自大地深处的某个被人遗忘的角落，偶尔被某些东西牵引出来，就会时时回荡在人的心中。

大地上不能用耳朵听到的声音是很多的。某些被大自然触动而引起的遐想的声音，人类憧憬未来的声音，心中那些关于理想的声音，思绪飘动的声音，都是无法用耳朵听到的。

大地上的声音是繁杂而吵闹的，也是空荡而冷清的，那些毫无声响的声音，有时候恰恰是最真切的声音，也是最真实的声音。

安静的声音最易于感受，安静的声音可以让你的心田蓬勃、热闹，充满坚强的意志能量，这样的声音比吵闹得无法倾听的声音要巨大得多。

漫步在刚刚从冬眠中苏醒的春天的大地上，满眼生机，一派生动景象，四周静谧，停下脚步，却能感觉到大地上那种蓬勃而热闹的声音。一棵棵萌动的鲜嫩的庄稼苗在苏醒的泥土中摇曳着青青的身子。此时，如果在一场春雨之后，雨水充分滋养着这些庄稼苗，它们就会洋溢出巨大而温柔的生命能量。春风日渐温暖，泥土日渐温润，这些庄稼苗纷纷拔节，茁壮成长，大地上很快就是一片生机勃勃的景象。在这样的景象中，充满了耳朵无法听到的成长的声音。

　　大地上的草木发芽的声音也是用耳朵听不见的，却是可以用心感觉得到的。在草木发芽的日子里，你如果仔细低头去看那些在去年冬天里掉落叶子甚至已经枯萎的草木，就会发现在原本看上去毫无生机的地方竟然萌出了一点点的绿。这些刚刚萌动的绿看上去似乎是微弱幼小的，但是，它们却群起而探头。你用心感觉，就能感觉到它们萌芽的声音，那是如不断涌动的浪潮一般的声音。在遥远的年代里，草木萌芽的声音便一直都在，未曾停歇，只是人用心才能感觉得到。是的，大地上生命在一代又一代地萌芽，在萌芽的时候，生命一直在向未来的时光发出声音，鼓动着生命的力量。

　　在温暖的季节里，如果你漫步在乡野的土地上，无意中就会踩着那些萌芽的花草。即使你已经让自己非常小心，尽管你每一步都想非常谨慎地避开踩着正在萌芽的花草，然而，在温暖的季节里，那些蓬勃而美丽的花草在萌芽时所洋溢出的巨大的意志，却遍布在大地的每一处，使人的脚步难以避开。仿佛那些花草正在不约而同地发出声音，宣告着它们的顽强和蓬勃。只是，这声音是无法用耳朵听见的。

面对着生养了万千生命的大地，我的内心总是满怀着无限的感恩之情，尤其是在成年之后，这种情感愈加强烈。每次在大地上行走的时候，面对那些努力生长的草木，我都感到欣悦，也有着莫名的感动，甚至有点疼惜。除非是非要去原野上漫步，或者是大自然的某种特定的风景太吸引我，否则，我宁可满心欢喜地在家里待着感谢今年的温暖季节和雨水如约而来，感谢它们温暖和滋润了大地上那众多的干渴了一整个漫长冬天的草木。

春天到来的时候，有的地方提醒人们在这个草木萌芽的季节里不要进入森林中去踩踏和打扰草木的萌动，因为，如果这时进入森林，会干扰了那里各种生命的旺盛萌发与成长。所以，春天我们应该尽量不出门，若是不得已，也可以学一学有的地方的人，赤着脚外出。印第安人在春天的时候会卸下马蹄上的铁掌，出门时也不驾马车，这是为了不影响大地的萌动之气。印第安人一直相信，春天的时候，大地正在怀孕，马蹄上坚硬的铁掌会剧烈踩踏大地，影响大地上万物的萌动和生长。

大地是万物之母，生长在大地上的我们应该怀着敬畏之心，要向大地表示自己的谦逊和尊敬。

当你听见大地上的万物发出的声音而去关注并付出自己的关心时，你的心中已经对这个世界有了更多的热爱和善心。

匠 心

◎李柏林

记得小的时候，村子里来了篾匠编竹席，很多孩子都跑去看。旁边的人吵吵嚷嚷，而篾匠却不怎么说话，只是埋头认真地编着。竹篾在他的怀里有节奏地跳来跳去，竹篾被编得那样整齐、美观。篾匠不光会编凉席，还会编竹篮、竹篓，样样都仿佛工艺品。

那个时候不光有篾匠，还有修锅匠、补鞋匠、修伞匠……每次他们一来村口吆喝，人们便拿着要补的东西去了。他们的工具简单，主要依靠的是一双巧手。补鞋匠会在腿上摊开一块破布，戴上老花镜后，便开始一针一线地缝，不急不躁。旁边的人递过去一杯水、一根烟，他都会摆摆手说："手头忙着呢。"他不会因为听到身边的人们谈论的话题便马上询问，也不会乱了自己的节奏，而永远都是不紧不慢、恰到好处。

物随人长久，人随物安定。那些器物刚一拿到手，心便静了。并不是所有的东西，都可以替代，有时候一件东西代表的其实是生命中的一部分，而这些匠人，却能把残缺慢慢修补成以前的样子，仿佛填满生命中的一个缺角。

世界再嘈杂，匠人的内心都一定是安定的。他们仿佛是生活的艺术家，即使身边车水马龙，他们的眼里也只有手里的物件。他们用一双巧手，把原本平凡的东西变得生动起来，使原本破损的东西变得仿佛完好如初。

时光流逝，许多人离开了村子，那些手艺人也仿佛随着人流消失了。不会再有吆喝声响彻整个村子，也不会再有一双手将你的竹篾变成竹篮。很少有人再用手工编织的席子，也很少有人再去穿缝补的鞋子。雨伞坏了，换一把就好，人们不会再想着在天晴的时候等修伞匠。

那些手艺仿佛要消失了，一切都是流水线的高科技。人们用各种机器，替代了一些曾经靠双手的技巧。那些机器，迅速，简单，整齐，却冰冷。没有了温度，也少了匠人的情怀。也许手艺代表着缓慢、少量、辛苦，甚至一分神就会出错，需要从头再来。如果不到熟能生巧，就掌握不了力度，而导致器物外表不美观。可手艺却是有温度的，它背后隐藏的是专注，是技艺，是对完美的追求。

古人云：“观众器者为良匠，观众病者为良医。”成就匠人的，远不是技艺那么简单，还有勤奋，还有纯粹。匠心这东西，是没有捷径、不讲究天分的。它需要十年磨一剑，需要夏练三伏，冬练三九。匠人的世界，没有粗制滥造的功利，只有虔诚的态度。没有投机取巧的偷懒，只有一步一个脚印。每件东西都有它的灵魂，每一次匠人都倾尽全力，把它当作生命的一部分，才能接近完美，称作手艺。你得先成就它，它才会成就你。

知道徐静蕾，是因为电影《一个陌生女人的来信》。很多人说她演戏有天分、导演有天分，而我更欣赏的，不是她的角色，而是她戏外的样子。没有工作的时候，她可以这么多年一直坚持写毛笔字，做缝纫，做手工。而现在，又开始学画画儿。像每一个初学者一样，她并不避讳一开始的不足，在微博上记录自己的进步，开始只是一朵小花，后来是一个苹果，然后是山川河流，一张张日复一日地画着，渐渐练就了人们所谓的才气。

而在我看来，她练就的不是才气，而是匠心。也许人的天赋是天注定的，可是匠心却是可以练出来的。匠人的世界里，藏着笨拙。工匠日复一日的雕刻，木匠日复一日的打磨，才可以创造出心中理想的样子。而这笨拙里藏着智慧，业精于勤荒于嬉，别人练十遍，我练一百遍，总能熟能生巧。我一直认为，一个人有多少天分，跟他出什么样的作品，并没有太大关联，主要是他的情怀、信念以及用心。

写作的人应该也是如此吧，你要走很多的路，看很多的人，读很多的书，甚至要经历一些风雨，再忍受一些孤独，才能去向世界阐述你的观点，表达你的情怀。也许只是寥寥数字，背后却包含了别人看不到的，你扔的草稿，你熬的夜晚，你受的寂寞。写作的手艺在心里，像编竹席一般，在内心，是用专注和宁静把思想编织成一篇文章，外表要美观，内在要牢固。

富有良田万顷，不如一技傍身。我们常羡慕那些有才华的人，或者有一技之能的人，也许羡慕的并不是手艺本身，而是他们专注做事背后的沉静与坚持。有才华的人，每一种才能都需要像匠人一样，去花费心思练习，打磨，静心修炼。而恰恰是这份静心，成就了他们自己。

手艺之美，在于匠心。而匠心是你温柔地对待岁月，执着地对待梦想。这辈子，做人做事，总要有些匠心，安静地做好一件事，不管身边风风雨雨，听从内心的安排，让执念推着自己前行。

也要懂得 "见坏就收"

◎游宇明

　　老家有句俗话，叫 "见好就收"。意思是说，一个人获得了某种意想不到的物质利益或荣誉之后，应该知足，不要再生贪心。我的老乡曾国藩打败太平天国之后，威望达到了一生的顶峰，许多人劝他做皇帝，这些人中有他的部下、挚友，甚至亲弟弟，但曾国藩拒绝了他们的建议，毫不犹豫地解散了大部分湘军，以换取慈禧太后的放心。他是懂得 "见好就收" 的。

　　盈满则亏，懂得见好就收的人当然是生活的智者。不过，我觉得一个人光做到这一点还不够，有时我们更要懂得 "见坏就收"。

　　还是说曾国藩吧。大家都知道曾国藩一生特别刻苦，在咸丰十一年（1861年）三月十三日给两个儿子的信里，还曾提出 "治家以不晏起为本"。其实，他年轻的时候也是很好玩的，刚入京城为官那段时间里，几乎天天跟朋友吃饭聊天。我留心过他的日记，道光二十年（1832年）十一月有九天没有标注 "晏起" "早起" 之类，其余二十一天里，早起的只有十次，晏起的有十一次；十二月只有二十二天写了日记，记载 "晏起" 的就有十五次。后来，曾国藩觉得自己这样做将一事无成，决定痛改前非，就再也没有 "晏起" 了。比如同治元年（1862年）四月、五月的日记，他没有一天记载过 "晏起"。他每天吃完早饭，不是看士兵操练，就是清理、批阅文件，读书、习字。

朋友讲了一个故事。他有一次在论坛里碰到一个极缺教养的人，一言不合，此人即骂出极其污秽的话。朋友本来是个很有素质的人，但见到别人污辱自己的父母，也忍不住反骂了几句。不过朋友马上自责起来，他觉得与这种人对骂，客观上降低了自己的品位，有损于自己的公众形象，因此立即退出了骂战。

坏的习惯、坏的情绪需要及时收住，不能任其泛滥成灾，坏的念头更要扼杀于萌芽之时。某熟人在交通部门做主要领导，经常有工程项目需要招投标，个别心术不正的人老是盯着他手中的那点权力，有送美女的，有送金条、房子的，要说熟人完全不曾动心也是假的。然而，熟人的前任就是因为贪污进牢房的，这个前车之鉴时时警醒他不要胡作非为。因此，当局长这些年，他没有为工程打过一个招呼，批过一个条子。

人活在世上，是需要好名声的，就像鸟需要一身好羽毛一样。好的名声可以让别人感觉舒服，使他们不自觉地生出对我们的帮助之心。而好名声天上不会掉、地上不会长，需要我们一步一步地修炼，"见坏就收"，就是修炼的方式之一。

要做到"见坏就收"，也不容易。所谓"坏"，主要是相对社会而言的，就个人而言，有时"坏"可以让他获得即时的利益，满足感官的刺激。只有对利益不那么在乎的人才可能去选择，才可能长久坚持下去。

人永远是在克制自我的欲念中不断成长的。

黑夜里的境遇

◎禹正平

　　知青年代，我下放在一个偏远的小山村。一天晚上，我们几个知青在大队部刚开完早稻抢插动员大会，急着往回赶路。那天刚下过雨，山村的夜一片漆黑，我们凭着感觉匆忙走在泥泞的土路上。

　　我怕踩湿脚，努力去分辨眼前的路，但脚下黑黢黢的，偶然见到一个淡淡的亮点，以为那是一块平整的路面，于是径直踩上去，却是一洼积水，心里顿时涌出一种难以言状的失落感。同行的老乡说，亮光的地方是水，漆黑的地方是路。果然，依照老乡的说法，避开那些亮光，一直走到知青屋，我再也没有踩湿脚。

　　如今，我早已离开了那个小山村，成了城市的一分子。为了奔自己的前程，我带着美好的向往奔波在人生路上，风餐露宿，艰辛辗转，有时看似找到了一段光明的道路，却陷入了糟糕的境地。突然想起当年老乡所说的话，才慢慢明白，不只是泥泞的乡间夜路上，在人生的路上，有时那些看似光亮的地方，并不一定是坦途，很可能是打湿你信念的积水之渊。

　　那年，是我下乡的第一年，冬天来临时，我的房间里冰冷冰冷的，找不出一块取暖的木炭。

过了几天，我跟着老乡去五十里开外的大山里挑炭。天刚蒙蒙亮，我们已吃过早饭，每人带了几个熟红薯当中餐，各自挑着一担箩筐出发了。一路翻山越岭，中午时分，我们来到一座大山的半山腰，争先恐后地钻进刚烧好的木炭窑。我们平时买的木炭是黑色的，而刚烧好的木炭是灰白色，留有二三十摄氏度的余温。装好木炭，称好重量，我们陆续走出炭窑，吃完中餐，便开始往回走。

第一次进山挑炭，我显得有些兴奋，不晓得怎么分配体力，挑着八十来斤的木炭，一路急匆匆地往前赶，还没到回程的三分之一，脚就开始抬不动了，每走一步，好像灌了铅似的沉重，慢慢地我落在了其他人的后面。

冬季日短，又是山路，我走走停停，心里只有一个愿望，再难也要坚持走回去。可是当黑夜来临时，我离知青屋还有十来里路。这时，山道弯弯，荒野无人，黑影幢幢，已看不清脚下的路。落单的我有些害怕了，慌乱之中，一脚踩偏，摔倒在路边的灌木丛里，右脚割开一道长长的口子，箩筐里的木炭散落一地。当我狼狈不堪地收拾好一地鸡毛，再次上路时，才发现脚也崴了，无助的我只能一瘸一拐地艰难前行。不知什么时候，天下起了小雨，汗水伴随着雨水湿透了衣衫，坎坷黢黑的山路将归程变得更加艰辛……当转过又一个山坳，孤独无助的我惊喜地发现山对面几位老乡举着火把，高喊着我的名字寻我而来。那一刻，我泪流满面……

许多时候，上帝给了我们黑暗的境遇，但是并没有剥夺我们向往光明的权利；给了我们坎坷的遭遇，但并没有剥夺我们战胜困难的勇气。人生旅途，山高水长，不如意事常八九，最重要的是我们不能向困难低头，而是要学会在黑夜中，在自己的心里点亮一盏前行的灯，痛并快乐着走下去，完成那一时段该完成的使命。

干　净

◎章铜胜

　　傍晚出去散步，沿小区附近的湖边走，总会看见一些不修边幅、邋里邋遢的人，这不奇怪，见多了，也就习惯了。路上有邋遢的人，就会有干净的人，习惯了，也就好了。可我仍对干净这个词生出几分好感来，干净如一湖清水、一方净空，是容易让人生出好感来的。

　　雨后的远山近树，明媚清新；清晨的花草，露珠盈盈；山寺的晨钟暮鼓，悠远纯净；孩子的目光，清澈明净……这些都是干净的，这些也都是人们所喜欢的。

　　可是，相较于流于表面的整洁干净来，我更喜欢一个人心灵的干净。与一个心灵干净的人相处，你是会感觉到无比愉悦的。可能，我们大多数人都是平凡普通的，身处俗世，难免会沾染一些世俗的习气，在寻常的生活里，你是很难遇到这样心灵干净的人的。

　　我喜欢心灵干净的人。心灵干净的人，如水样清澈，如玉般温润。

　　钱锺书和杨绛两位先生，一生读书、做学问、写文章，受人敬重。钱先生的学问博而深，谈诗论文常有令人如醍醐灌顶处，读钱先生的文字是会让人博识而智慧的。杨先生的文章，读来极亲切，我一直非常喜欢，从《干校六记》到《我们仨》，乃至《走到人生边上》，我一本一本地追着读，她的文字总会给我许多触及心灵的真诚感。在她的文字里，我学会宽容、感恩和珍惜，那是能荡涤心灵的文字。我非常喜欢杨绛先生译自英国诗人兰德《生与死》的一句话："我和谁都不争，和谁争我都不屑。"是的，简朴的生活、高贵的灵魂是人生的至高境界。一个将简朴的生活和高贵的灵魂视作人生至高境界的人，心灵该是多么纯洁干净啊。

金岳霖先生是沈从文先生的好朋友，汪曾祺写金岳霖先生，说有些事情是沈先生告诉他的，且不论这些事情的真实性如何，但汪曾祺将金先生写得非常有趣，有趣之中又有几分怜惜在。对那样一位性情天真、用情真挚的人，怎么会不倍加怜惜呢？

汪曾祺先生在文中写道："他（金岳霖先生）到处搜罗大梨、大石榴，拿去和别的教授的孩子比赛。比输了，就把梨或石榴送给他的小朋友，他再去买。"一位教逻辑学的哲学教授，竟有着这样一份难得的和孩子一般的童真之心。

金先生爱慕林徽因，这是许多人在文章中都提到过的事情。金先生终身未娶。在西南联大的教授中，终身未娶的教授大有人在，不只金先生一人。至于金先生终身未娶的原因，后人也不敢妄加猜测。汪曾祺先生在文中说："林徽因死后，有一年，金先生在北京饭店请了一次客，老朋友收到通知都纳闷：老金为什么请客？到了之后，金先生才宣布：'今天是徽因的生日。'"可见，金先生对林徽因的感情是纯洁而又真挚的，一个人能如此被人记起，总是件幸福的事情。更幸福的是金岳霖先生，那样的心无半点渣滓的人，一定是心灵干净的高贵之人。

想起王子猷雪夜访戴的故事。王子猷雪夜兴起，乘舟冒雪去访戴安道，却又未至而返，有人问他为什么这样，王子猷说："我本来是乘着兴致前往，兴致已尽，自然返回，为何一定要见戴逵呢？"王子猷的随兴，如那夜的一朵雪花，干净地飘落在时光深处，让人在追忆中无比羡慕。

一个人，如果能心无旁骛地做个灵魂干净的人，该是多么幸福啊！

读书是条回家的路

◎马国福

　　读书从来翻山越岭，喝茶过往万水千山。每一本书，都观照一座书店寂静生长的风景；每一道茶，都记录一个人心灵净土的归去来兮。一家书店，是你在精神跋涉中能够安心的幽林小筑，不止于一盏灯的照亮，几时遇上书店的目光，自当与你内心的古村落久别重逢，目光所及，轻舟已过万重山。

　　这段话不是我说的，是我的朋友，江苏南通中观书院创始人、诗人袁卫东兄弟说的。读书从来翻山越岭，读书也是持续的自我修整。如果说得再好一点，也是对自我价值和人生追求的净化。纵观人一生的读书经历，基本上都是有一定的周期性规律的。先做加法扩容扩量，到了一定的年纪再做减法乘法除法，慢慢地变成几何式裂变。人生的几个阶段所读的书都是有明显的年龄痕迹的。老树有首打油诗：少年多血性，爱看《水浒传》。青年正发情，《红楼》放枕边。中年看《三国》，江湖渐看淡。老来不读书，扛竹归南山。这首诗基本上概括了人生的不同年龄段里读书的况味。人间风雅之事莫过于读书，读书能把生命里的美好、有用的美好、无用的美好全部融进来。

　　读书是生命的马拉松，考验的是我们的耐力、恒心、定力和韧劲。时代在变，唯有艺术和读书让我们的人生有活过多次的可能，而不是重复一千天一万天相同的模式。你读过的书决定了你的内在，重复一天不如活出十天不一样的自我，阅读就给我们创造了这种可能。它能让我们作为俗人的物质存在创造出那个与众不同的精神自我。所以说，有价值、有效的阅读是一种快时代、闪时代的自我塑造、修复和制约。它能让我们慢下来，找到和自己同频率可共鸣的书，找到那个散落在茫茫人海里的精神知音。

读书是对自己的招魂。纷繁时代诱惑很多，消费主义至上，越来越多的人变为物质动物，除了会消费其他都不会，外表光鲜内在溃烂，不知道自己真正想要的是什么。他们就这样一天重复着一天，每天机械地在消费的旋涡里沉沦，没有信仰和追求。而当你真正走进书店拿起一本书，或者在家里安静地打开一本书，用心读起来，你就会发现，从那一刻起，你就属于自己，你招回了红尘中分离出去的那个自己。你通过阅读这种方式打开了一个更辽阔、更丰富、更幽远的世界，享受和自己在一起的静虚曼妙时光，这就是老子所说的"致虚极，守静笃。万物并作，吾以观复。夫物芸芸，各复归其根。归根曰静，是谓复命。复命曰常，知常曰明"。意思就是你要将后天的种种欲望、成见、心机等加以控制、调适、消解、澄清，因为这些东西往往让原来清净纯洁的人心骚乱起来、浑浊起来、邪恶起来。老子强调不是"虚"一点，"虚"一时，而是要长期锻炼、修养，从而达到"极"，就是要到极点，到最高层次。"守静笃"，就是先要分清欲望中的

"可欲"与"不可欲"，置身于滚滚红尘中时，面对"不可欲"的一切诱惑，要坚守住静，要笃守！"笃"是什么意思？笃就是切实、厚实、老老实实的意思。这就是说，人，要切实而老老实实地坚守住那个"静"！这样一个是"虚"，一个是"静"，就把心灵中的垃圾与毒素及时地清除了。你看"虚静"可以排毒，可以养心，可以避祸，可以使你胸怀大志，可以使你高瞻远瞩，可以使你潇洒人生！

时间就是你的命

◎米丽宏

时间究竟是怎样一种物质？

时间如水？光阴如梭？拜托，这个我都听腻了。最好，你也别说，时间是电脑屏幕右下角的小数字，是清晨手机的闹铃声……

更不要把它跟历史扯成一串，说它是公元前和公元后，是殷商春秋戏连台，是秦时明月汉时关。

这都不是时间的本质。

爱因斯坦说，"时间——空间"并不是一个平面，它是"有弧度"的，"弯曲"的。作家毕飞宇由此联想，"时间——空间"是一张阿拉伯飞毯，因为翱翔，它的角"翘起来"了。我们就生活在四只角都翘起来的飞毯里头，软绵绵的，四周都是云。

时间，充满了性感。

而我总觉得时间是一撇，空间是一捺，一撇一捺，撑起命运。时间，它就是我们的命。

没有人永生，也就是说，没有人会占据全部的时间。我们手里的时间，都有着固定的份额。

所以泰戈尔说：我们的生命是热切的，愿望是强烈的，因为时间在敲着离别之钟。星辰屏息地数着时间，柔弱的月儿在夜中浮泛。没有人可以永远活着。

每一秒、每一分都有人被时间抛弃，走入阒寂。时间不给疾病以喘息，不给皮囊以休憩。时间不给我们爱的人以爱的空隙。

但时间从本质上不是残酷的，它轻盈、无忧、宁静、美而不言。让它无情的，是你自己，是你对它的冷漠。

时间里的人生，各具百态。

有人在时间里走得仓促、潦草而肤浅，有人则沉稳、勤奋而沉潜。有人快，有人慢。可是，走得再快，快得过时间吗？不能。时间最终将他们甩在身后，慢慢塞进历史的压缩文件里。

你所花的每一分钟，都在证明，你此刻是谁，你将来是谁。

原来时间是有心计的。它不动声色，不露痕迹，却是一个着黑衣的隐形魔术师；他悄然改变着我们，改变着一切。他让我们失去，也让我们得到，他让生活在不停失去和得到中更新。

我们所有的快乐悲伤，成功与失败，前途和命运，都被它捏在手里。我们是普通人，我们在人群中的位置，相差无几；我们的出身、智商、情商、能力，比上不足比下有余；剩下的，就是运气。而运气，不过是时间设的一个魔咒。解咒的秘语，仍在你的手里。

一寸一寸的光阴，换得一点一滴的功夫。这叫功到自然成。时间会陪着你，慢慢前行。

美国有个职业发展咨询家博恩·崔西，他研究说："任何人只要专注于一个领域，五年可以成为专家，十年可以成为权威，15年可以成为世界顶尖……如果你只投入了三分钟，你就什么也不是。"

所谓大师，就是善于跟时间周旋的人。时间就是他的命。

时间也是你的命。

它让你的人生圆满，也残缺。它让你的世界混沌，也清晰。它是春播一粒粟，秋收万颗籽；也是一地淡淡影，无人收得起。它是堆叠和积累，也是坍塌和消融。它比朋友的信任更安全，也比爱人的怀疑更不安。它是你生命的暴君，也是你生命里的暖男。

坚定是生命的黄金

◎韩　青

　　这个世界上，有很多人在随声附和，走着别人的路，重复着别人的生活，一言以蔽之，他们缺少自己的思考，更缺少人之为人的那份坚定。没有坚定，人就会随便更改方向，而一个随便更改方向的人，随时可能走上一条错误的道路，甚至不归路。

　　坚定，就是我们心灵的长城，有了它，我们就不怕外来的一切干扰。当然，做人不能盲目地坚定，有些没有把握的事，就不要随意判断其发生的可能性。《容斋随笔》中就提到过这样一件事。当年，隋文帝进攻陈朝，大军已经来到江边，而陈朝的都官尚书孔范对陈后主说："长江是天然屏障，自古以来分隔南北方，今天敌军难道能够飞渡吗？臣常忧虑自己的官职太卑微，一旦敌军渡江，臣一定能立功当上太尉。"陈后主以为他说得正确，结果也就没有严加防范，不久就亡国了，孔范也窜到边远地区。可见，没有把握的坚定，害人害己。所有的坚定都得建立在对事实正确理解、科学判断、综合评估的基础上，光凭着一时的心血来潮、想入非非，是不可能产生什么坚定的。

　　然而，在该坚定的事情上，必须坚定。当年，林肯竞选总统时，两个朋友从某个会场给他发来电报，告诉他尚差两票才能当选总统，但只要他在当选总统后给他们两个人在国会中占个位置，那么票数即可额满。他回答道："这不是交易，我绝不许可。"如果没有这样的坚定，他也不会成为一个受人敬仰的总统，他的名字也不会在美国历史上熠熠生辉。

如果在该坚定的事上，不能做到坚定，那么这样的人就变得不再完整。也许，他会说，管他完整不完整，只要自己的利益不损失就好了。当然这是利益至上者，而这样的人，十之八九都是一些名利之徒、财色的俘虏，在他们的世界里，没有什么真理，如果有，那也是关乎利益的东西。说实话，这样随意改变自己做人的原则、底线的人，已经游离在人的意义之外，算不上真正意义上的人。这样的人，自然没有什么境界了。而没有境界的人，就等于没有世界，就是说，他们早已游离在真、善、美的世界之外了。

著名作家张炜说："写作是一种心灵之业，要始终听从内心的指引，更是追求真理的一种方式。"坚定也是这样，源于心灵，听从心灵，更是对真理和世间美好的捍卫。有了这样的坚定，不管是怎样的私心杂念还是五彩缤纷的诱惑，都不能改变它，因为它当关，万夫莫开。

由此可见，坚定就是生命的黄金，有了它，我们的生命会变得更美好，更高贵，更灿烂，也更有价值和意义。

目标不能太完美

◎钱　晨

　　在非洲草原上，角马永远是狮子捕获的对象。而刚刚成年的狮子，一般都会犯一个同样的错误，就是在捕捉角马时，看中的都是那些又高又大的角马。在狮子的眼里，只有这样大的猎物才够自己和兄弟们美餐一顿。何况，既然是面对一大群角马，为什么不挑选最大最肥的呢？

　　能够捕获到角马群中最大的角马，难道不是最好的吗？

　　刚成年的狮子，都有这样的雄心壮志——这当然最好！

　　只是，高而大的角马，都是角马群中最为强壮、最为凶猛的分子。因此，狮子在捕获他们的时候，风险也就增大了好几倍，不但会让角马逃脱，还常常会被角马顶伤或是踢残，十有八九无功而返。

　　在经历过一次又一次的失败后，狮子们才会真正长大，也最终懂得，目标不可以十全十美，否则自己面临的只有被打击和失败。

　　于是，狮子们这才开始去捕获那些老弱病残的角马。

　　渔民们都知道，拖网越大，捕获的鱼也就会越多，这是成正比的。因此，有人为了多捕鱼，会把拖网一再地加大。作为渔民，多捕鱼是一种成就。

只是，风浪中，常常因为拖网太重，网里的鱼太多，渔船反而会被拖网带走。那些人毁船翻的事故，也多是因为此。

有一个农民，自从买了一辆农用运输车拉货，生活便明显地得到了改善。他的农用车能拉一吨的货，但要是能拉两吨，他的富裕程度也就增加了一倍，这是一个一加一等于二的算术题，简单得很。这个农民如此就能更富裕些，更富裕难道不好吗？当然最好！

于是，这个农民用一吨的车子，开始拉两吨的货物。财富的收益果然就多了一倍，一点都不差。谁承想，他却在一次狂风暴雨的天气里，因为车子超载而翻下山谷。他的人生幸福，也就至此全部终结。

面对生存，人与动物都是一样的，能够顺顺利利地走下去，无灾无难地活着，又能不断有所收益，按说已经是莫大的福分了。如果还不知足，总是以完美的目标来要求自己，按照最高的标准去做事情，其实就是在鼓励自己无限的贪欲。这不但会无功而返，有时还会得不偿失。

这世界，让人目瞪口呆

◎潘国本

我们总以为用冷的牛奶去做冰淇淋，一定比用滚烫的牛奶去做花的时间少得多。1963年，坦桑尼亚的马干巴中学，给学生提供了做冰淇淋的设备。一天，三年级的姆潘巴同学，把生牛奶煮沸并加进了糖后，他发现冰箱的冷冻室内放冰格的空位已所剩无几。为了赶到他人前面，他等不及牛奶冷却，就急急忙忙把热牛奶倒进了冰格，送入冰箱。一个半小时以后，奇迹发生了，姆潘巴的热牛奶"抢先"结成了固体，而其他同学的冷牛奶，还只是稠了一点的液体。

这个姆潘巴现象太神奇了，它超出了在此以前一切书本的记载和科学家的认知，却被一个十几岁的中学生发现了。

世上就有那么一些事，尽管我们万万没有想到，但就是发生了。当初并没有想到我们真的能飞向宇宙，也根本不会想到，还有次声、超声、红外线、紫外线。我们虽感觉不到这个世界边上还伴生了一个暗物质、暗能量世界，但这几乎已成科学界的共识。

可是我们只在意看到的和听到的，不注意看不到的和听不到的。只感觉开汽车去远方省下了不少时间，想不到坐在车上花去的时间却是没有汽车时根本不会去花的；只想到电脑给我们节省了大量时间，想不到浪费在电脑上的时间比节省下来的时间要多得多；我们认为有了电子传输图文信息，可以实现无纸化办公了，根本想不到有了电脑以后用纸量成倍地增加，而且对纸质的要求也越来越高了；本来是想快一点，想不到正是我们发明的高速公路，常常堵得我们无法动弹；本来是想漂亮一点，想不到正是我们发明的拉皮、做膜、割双眼皮这些"花招"，让我们已分不清谁是真正的冰冰和晶晶……

我们喜欢守着正面的、直觉的，不在意背面的、侧面的。背面和侧面，其实有着更大的空间，其重要性也并不比正面少。西班牙画家达利告诉我们，"我自己在作画的时候，不理解这些画的意义"，他只是在揭示内心深处的激动和不安，但有一大批追随者，给这些画说出了许多意义。于是，达利进一步补充说："这件事，并不证明这些画没有任何意义。"于是，世上有了达利的《带抽屉的维纳斯》、杜尚的《长胡子的蒙娜丽莎》，并且它们都成了世界一流名画。

"想不到"让世界需要梦想，是"梦想"让大人败于孩子，让科学家落后于中学生，让我们惊奇惊叹。

1999年10月，北京，孙正义让马云讲讲阿里巴巴，马云并没想招来投资，他只讲了六分钟，孙正义就从办公室走出来说，我准备投资三千五百万美元。这个，马云想到了吗？后来经协商实际投资两千万美元，有了这份押宝，到2014年9月19日阿里巴巴在纽约证交所一上市，孙正义这笔投资估值已达五百八十亿美元，这些孙正义想到了吗？

想不到的那个世界，总比我们想到的世界大得多。阿里在纽约上市，马云让聪明的孙正义成为日本首富，两千万美元的风险投资，孙正义让聪明的马云成了中国首富。这个看似弯弯绕绕的结果，一半是胆识，一半是运气。

假如老孙那次真投出三千五百万美元呢？

还是阿里巴巴上市那天印在杭州总部员工T恤衫上的纪念词说得幽默：梦想还是要有的，万一实现了呢？

柔暖人生

◎张金凤

从构字的角度看，"柔"是趸矛之木。一棵树，看似摇曳草木间，泯然于花草蓬卉，实则胸怀大志，内心有矛，一直按照一支长矛的坚硬和韧度要求自己。一个伟大的理想孕育在生长的年轮里，所以它不露峥嵘，争朝夕，珍雨露，不用香艳的繁花招引蜂蝶，以一脉清流暗潜冰底的韧度，坚守岁月的沉默，蕴藉力量，生长不息。它爱雨露的润泽，润泽使它挺拔矫健；它也爱风雨的磨砺，磨砺使它坚韧、内敛，不可轻易断折；它记得寒暑的嘱托，那嘱托使它宠辱不惊，喜不忘形，伤不失态，处乱不惊，临危不惧。

柔是韧性和智慧，是隐藏的力量，看似无骨，实则有魂。柔是意念化的力量，是潜在的钢刀、迂回的动感，它将力消磨于无形，散播于空间，拓宽了气场，同化了世界，以无刃之兵，收服世界的不安与躁动。柔的蚯蚓，一生隐忍，在坚硬的泥土中穿行。水无骨无形，但水滴石穿，再坚硬的石头，也禁不住风的吹打、雨的淋漓与浸泡，再坚硬的钢铁，也会被氧化而生锈。风流总被雨打风吹去，坚如冰，禁不住一阵暖柔的南风；英雄无数，大多在飘曳的石榴裙下膜拜。美丽是柔的，可以软化钢刀，消融

129

利器，湮灭恶念。一个远嫁异邦的姑娘，就能平息几十年战乱；一袭娇媚容颜，可换得万户千家不出兵役，不烧纸钱，柔之美大矣，柔之力大矣。柔如蒲苇，韧而不折，随风倒仆者，是生存的智慧，峣峣者易折，皎皎者易污。柔是智慧是修为。柔是一袭薄纱衫，透着欲说还休的朦胧美。柔是一条清浅溪流，潺潺湲湲，可容尘埃，可鉴天地。柔，常常不争，世界却都在倾向它的博大。

你横世界以刀枪，世界遗你以剑戟。所以，要柔下来，低头，把力量藏入胸襟。柔不是卑微，不是屈服，不是懦弱，是博大的内敛，是厚积以待薄发，是沉淀智慧，是蓄积能量，是四两拨千斤的待发之势。世界从不欺负老实人，那看似柔弱的外表是对世界的示好，你不要辜负了春风，春风以柔暖催发了这个花团锦簇的世界。舌以柔存，齿以坚危。越向卑贱处低下高贵的头颅，你便越高大高贵。柔是自保，当以卵的硬度面对石的狰狞。破碎，还是将表面的硬度低至棉的软度？当你不够坚硬，何不选择柔和？当你足够坚硬，何须寻找对手？选择柔和，在岁月一角，倾听大自然最美妙的天籁。

柔是一种处世的方式和角度。两兵相接，必有一折；两虎相争，必有一伤；最糟糕的是鹬蚌相争，两败俱伤，称了渔翁之意。所以，狭路相逢，最先柔下来的，必是智慧之师，那个做出眼前短暂让步的人，也必有了决胜千里的大计。君子坦荡荡，怀柔天下，如上善之水，不争不求，只用自身的水去润泽万物，用自身的柔去暖俗世的寒。小人长戚戚，戚戚于名利争夺，执着于是非恩怨。故小人与小人交则波澜跌宕，是非不断；君子与君子交，则清淡如水，波澜不兴。柔实在是天下不争、天下大同的境界。

　　柔，是修为。二八少年，血气方刚，柔就比登天还难。柔是经过了岁月的打磨、风雨的淋漓、世事的塑型，与内心的风暴频频交战的战果。柔是冷静是宽容是淡定，经过了世事的诸多纷扰，看透了红尘的名利角逐，体味到人生的苦辣滋味，透彻了生命的无常轮回，骤然如夕阳向晚般宁静，如秋风扫地般豁达。刚是一把刀，削铁如泥，腥风血雨，斩魔除怪，终归要回到刀鞘，柔收住了它狂野的心。刚是一派灿烂的花开，艳惊四座，招蜂引蝶，柔托举着它，铺垫着它，最后还是绿叶维系着它漫长的植物生命。

　　中年之人，棱角渐平，锋芒殆尽，慢慢体味了刚的苦、强的酸，学会放手，学会接受，学会以一颗柔软的心面对命运的风刀霜剑，以聋哑之态面对世界的芜杂纷争，以跛足之心，习惯路上的坑洼和肮脏。

　　柔，既保护自己，也保护他人。人生由柔开始，十月娘胎中，没有一个孩子能自由伸展躯体，弹跳四肢。柔，既保护了自己，也保护了母亲，是一件人生大事，是瓜熟蒂落圆满结局的前提。而落入人世，被诸多绵柔丝滑之物包裹，行走之初始面对坚硬，人有柔的天性和基础，柔、宽容是人之常情。

　　柔是从刚的躯壳里破茧而出蜕变而来，刚是一种气魄、一种年轻的常态，说谁血气方刚，谁就幸运地在青春的领空上飞翔。悠闲采菊东篱下者，也曾满腹的酸，曾有不为五斗米折腰的刚，换得挂印而去，执锄南山。唱大江东去者，最为刚烈，平生流转，命途多舛，落得个"唯有泪千行"。吟杨柳岸者也因傲然于世，金榜除名。刚如锥，刺痛了别人，也免不了伤害自己；柔者如棉，贴身生暖，最高境界的柔是绵里藏针，即不卑不亢，不出明伤，也隔帘生威，不可轻犯，打磨一把月光般的刀，不动声色地挑破溃疡，剔除顽疾，守住生命的赤诚与本真。

人生，需刚强处一定要挺直了脊梁，任骨头被捶碎成粉末，也不融解于浊流；人生，更是一场弹跳的舞蹈，有曲之美，曲径通幽，撞得头破血流时不妨转个弯到达。刚之美硕健，柔之美丰满。天行健，君子自强不息，天和君子都是阳刚的，但天也时洒轻漫小雨、缤纷清雪，填补自己柔美的诗意。男人是刚的，但英雄虎胆也需要儿女情长。地势坤，厚德载物，不争不厉。宇宙有乾坤，万物有刚柔，亦刚亦柔的人生才是完整的、可爱的。刚时坚不可摧，柔时可流水。刚如密处不透风，柔似疏处可走马。刚柔相济，阴阳互补，方为天地之大美。

诠释生命

◎吕胜菊

卡尔维诺说过："生命差点不能成其为生命，我们差点做不成我们自己。"是啊！生命是有负担也有力度的，最沉重的负担同时也成了最强盛的生命力的影像。负担越重，我们的生命越贴近大地，也就越真切实在。相反，当负担完全缺失，人就会变得比空气还轻，就会飘起来，就会远离大地和地上的生命，人也就只是一个半真的存在，其运动也会变得自由而没有意义。

每次读《热爱生命》都有很多震撼，那种强大的生命力总能给我一种明灯似的指引，甚至那些生存的艰辛，都可以在勇敢的生命斗士面前变得渺小而可以忽略不计。不得不让我由衷感叹：平坦的路上，脚步固然轻巧，行程固然悠闲，宁静的溪水旁却留不下记忆的脚印和成长的足迹；泥泞的路上，脚步虽然拖沓，身子虽然疲惫，融融的月光下却镌刻了厚重的足迹，即使被岁月抚平了，依然可以留下深刻的凹痕。

人到中年，似乎对于生命的思索也有了几分成熟和睿智。可我依然还是会对那些强盛的生命力赞叹不已，对生命里执着的追求感叹不已。知道了生命是一个进取、拼争的过程，就学会了如何去享受生命中的痛苦和快乐；学会了在痛苦中感悟生命，认识生命，在生命的快乐中体验生活的美好，认识生命的本质，懂得应对生命持有的态度。于是深信"生命是每个人的财富"这条真理。

生命像一面镜子，我们若是对它皱眉，它只会回我们以皱眉；我们若是对它微笑，它同样会回我们以微笑。许多人在为生命奋斗时，往往会遇到很多的困难。要是能以乐观向上的精神去对待这些困难，生命会变得更加精彩，更加绚丽多姿；要是以消极颓废的态度对待这些困难，生命只会变得更加黯淡，更加坎坷。然而，我们不能说生命中的种种磨难就是痛苦的，有时候，痛苦也是一种幸福、一种快乐。关键看你如何看待，看你有一份怎样的心境。你是释怀的，生命之中的轻和重可以随时互换；你是坚强的，生命之中的一切苦难会让你更加强大。

《钢铁是怎样炼成的》中的主人翁保尔·柯察金在十月革命中终身失去了战斗能力，祸不单行，他又因为伤寒引发了胃炎，组织上不得不把他送回家去疗养。但是他却凭借着军人的顽强意志活了下来，此后他便开始锻炼写作本领，直至他全身瘫痪无法写作，肆虐的病魔纠缠着他，他甚至有过自杀的念头，可他依然凭借顽强的毅力，写了许多传世之作。《我与地坛》的作者史铁生，双腿瘫痪，后来又患肾病并发展到尿毒症，需要靠透析维持生命，可是每次见到他灿烂的微笑就仿佛他站在你的对面，丝毫没有让你感到他的残疾，只感受到那种温和的亲和力与旺盛的生命力。

凌晨两点的"签名会"

◎许　心

　　周润发是中国著名的影视演员，人品极好，被大家尊称为"发哥"。一次拍摄结束后，发哥和随行工作人员一起回到酒店，那时已近凌晨两点钟。看到发哥，酒店里的服务人员都兴奋地跑到大厅，帮发哥一行人提行李，办入住，递茶水，有的还拿出相机，给发哥拍照。

　　此时，一位刚忙完办理入住手续的前台小妹取出一本崭新的笔记本，递给发哥："发哥，我特别喜欢您，从小就爱看您演的影视剧，今天看到您实在是幸运了，请给我签个名吧！"发哥连忙接过本子，非常认真地写下了自己的名字。就在小妹正要取回签名的时候，发哥回头对随行人员说："请大家在十分钟之内吃完饭吧！"又转过头，对小妹说，"你再去拿些纸，我签上名，给其他那些为我服务的人员。"

　　一时间，所有人都惊讶地愣在了那里。发哥笑着解释说："这么晚了大家都还在忙着招待我们，帮忙提行李、做晚饭、办手续，大家真的辛苦了！我曾经也打过很多份工，卖过报纸，洗过车，当过酒店服务生，也吃过很多苦，所以特别理解大家。"短暂的寂静后，小妹将笔记本打开，将剩余的纸一页页撕下来，保证了酒店在场的服务人员都有签名。

　　发哥吃完饭，坐在椅子上开始一张一张地签自己的名字，直到把最后一张纸签完。接着，酒店的服务人员一个个感激地接过发哥的签名，其中有一位保洁阿姨激动地握着发哥的手，说道："我们接待过的明星也不少，但是像发哥您这样的不多，真的谢谢您！"发哥笑着回道："阿姨，你们这么晚了还在为我们服务，应该好好感谢你们才是！您这么辛苦，平时可要注意身体啊！"听完这些话，阿姨的眼眶湿润了。

　　第二天下午，大家还收到了一大袋蛋挞和一大束鲜花，卡片上写着——辛苦你们了！下次再来看你们！把点心送给昨晚为我服务的工作人员！

　　后来，有人问发哥，为什么总能花时间给粉丝签名、与粉丝合影，很自然地把这些当作人生日常？发哥回道："人家看你十几年戏，你几分钟给别人又怎么了？"

　　发哥对待粉丝的态度让我们懂得了一个道理：人无论何时都应当懂得尊重、理解、感恩他人，这样才能赢得他人的尊重、理解与感恩。

不要轻易考验人性

◎顾盛红

芬森是丹麦著名的医学家，1903年获诺贝尔生理学或医学奖，1904年获爱丁堡大学卡麦隆奖。他到了晚年，想培养一个接班人，将他毕生所学传授出去。慕名而来的学者很多，他们都想做芬森的弟子，芬森开始在众多候选人中选拔。

在众多候选人中，哈里无论是品德还是才学，都是出类拔萃的，芬森很看好他。但医学研究是门很枯燥的事业，研究人员大部分的时间都与实验室相伴，顾不了家庭，更无娱乐。许多人都受不了这份枯燥，向往外面的花花世界，最终半途而废。芬森想选哈里，但又担心他无法抵御这份枯燥。

芬森的助理乔治看到教授为此事烦恼重重，便向芬森献计：可以让朋友出面，以高薪聘请哈里，测试一下他。如果哈里动心了，愿意去朋友的公司，那么芬森再另外考虑人选；如果哈里毫不动心，那么芬森就可以选择哈里，也从此没了顾虑。

但芬森一口拒绝了乔治的建议，他说："永远不要站在道德的制高点上俯瞰别人，去考验人性。人非圣人，人性是最脆弱的、经不起考验的。特别是像哈里这样出身贫寒的人，他们对金钱的向往和追求是可想而知的。我们这样的考验是残酷的，我们一方面用轻松高薪的工作去诱惑他，却同时又希望他能拒绝，这是自相矛盾的。"

芬森经过反复考察，层层筛选后，最终决定选择哈里做他的弟子。之后，芬森开始将他毕生所学精心传授于哈里。

哈里在芬森的指导下潜心学习，几年后，终于不负恩师所望，也成为丹麦著名的医学家。当他听说了芬森当年拒绝考验自己的人性的事时，泪如雨下，感慨万分地说道："如果当年恩师真的采纳了乔治的建议，假意用高薪测试我，我肯定会上当。因为那时，我的母亲患重病在床，弟弟妹妹们没钱上学，家里穷困潦倒，负债累累。一份高薪对于我来说，是个巨大的诱惑，我没有能力去抵御它。如果事情真如这样，我便没有了现在的成就。"

很多时候，人的选择是其所处的环境所决定的，人会身不由己。人性是很脆弱的，很难经得起考验，所以我们在任何时候，都不要轻易地去考验他人的人性，这也是对他人的一种尊重和呵护。

第四部分

给生命一段悠闲时光

留 下

◎高宗飘逸

寄身俗世之中，行走天地之间，观空中日升月沉，云飘雾绕，看野外花荣草枯，兔走鹰飞。芸芸众生，熙来攘往，大千世界，几度轮回。每有此念，心常戚戚，人生何其短暂，哪能毕生浸淫梦中？当魂魄逃离肉身，总得留下些什么！

就如骏马走过江南，留下一溜嗒嗒的马蹄声；就如白鹭冲上青天，留下一串长长的鸣叫声；就如蚕儿食尽桑叶，留下一缕细细的丝线；就如蜜蜂采得百花，留下一滴甜甜的蜜汁；就如树叶丰盈了春夏秋，留下一弧歪歪扭扭的落痕；就如溪水流过山涧，留下一曲叮咚悦耳的旋律……

万物皆如此，何况为人？

大禹治水，三过家门而不入，留下"因势利导"的治水主张，更留下千年史话。孔子聚徒讲学，弟子三千，贤人七十二，修《诗》《书》，定《礼》《乐》，序《周易》，作《春秋》，留下《论语》，儒家思想润泽中外。司马迁因替李陵辩护，得罪汉武帝，狱中惨遭宫刑，备受凌辱，"交手足，受木索，暴肌肤，受榜箠，幽于圜墙之中"，几乎断送性命。然而他想到"盖西伯拘而演《周易》；仲尼厄而作《春秋》；屈原放逐，乃赋

《离骚》；左丘失明，厥有《国语》；孙子膑脚，《兵法》修列；不韦迁蜀，世传《吕览》；韩非囚秦，《说难》《孤愤》；《诗》三百篇，大抵圣贤发愤之所为作也。此人皆意有所郁结，不得通其道，故述往事、思来者。"想罢，只一句"人固有一死，或重于泰山，或轻于鸿毛"，便忍辱负重，留下历史上第一本纪传体史书《史记》，被鲁迅赞为"史家之绝唱，无韵之离骚"。王羲之博采众长，志向高远，富于创造，推陈出新，留下《兰亭序》等大量墨宝，备受后人推崇，供人品鉴临摹；李时珍遍尝百草，留下药书《本草纲目》，惠及后世；岳飞抗金保宋，留下"精忠报国"四个大字和一首《满江红》，激励后人；孙武留下《孙子兵法》十三篇，为兵家必读之法；张衡留下浑天仪；祖冲之留下《缀术》《大明历》；曹雪芹留下《石头记》；李春留下赵州桥；詹天佑留下京张铁路；钱学森留下两弹一星；蔡伦和毕昇等先人留下造纸术、活字印刷等四大发明；华夏祖辈留下四大石窟、无数园林美景和万里长城；包龙图留下一世英名；鲁大夫叔孙豹留下"立德，立功，立言"的三不朽之说；文天祥"留取丹心照汗青"；于谦"要留清白在人间"……

太多的人留下了太多的故事和主张，也留下了太多的思想和篇章，而于我，不过凡夫俗子，究竟要给这世界留下什么？

但看眼前：纺织工留下一匹匹结实的布料，印染工留下一道道美丽的色彩，裁缝留下一件件漂亮的衣衫，厨师留下一盘盘精致的美味，建筑工留下一栋栋坚实的楼宇，修路工留下一条条平坦的公路，清洁工留下一片片干净的街区，教师留下一句句真挚的哲理，医生留下一个个崭新的希望，士兵留下一串串昂扬的精神，摄影师留下一帧帧珍贵的记忆，画师留下一幅幅耐人寻味的画面，农民留下一场场丰收的景象……

我们还有何理由停滞不前？还有何工夫沉湎于快活享乐？只要余力尚存，就必须剃去贪恋之心，探寻正义之道，朝着梦想披荆斩棘，击打出生命的精彩华章。即使老去时留下的不是丰功伟绩，只是一串错落有致的脚印，也不枉经此一生！

留下，当是人生永远围绕的主题；留下什么，当是衡量所有行为的实施准绳。

读书有多难

◎黎武静

忘了从哪里听来的一句箴言："那些要等有了图书馆才读书的人，即使有了图书馆也不会看书。"一看就知道说这话的时代，连图书馆也是珍贵而稀有的存在，所以才会说，总是嚷嚷着没条件读书的人即使有条件了也不会读。

爱书如命的家伙，自古至今都是见缝插针，见到好书都走不动路。比如三国时代的著名书法家钟繇，看到韦诞家的《石室神授笔势》，当下苦求不与，都急到捶胸呕血的地步了。这本蔡邕的书法理论经典珍贵难得，令钟繇念念不忘，直到韦诞故去后将此书陪葬，钟繇才得了机会盗发其墓，一偿所愿。

有偷书的，就得有防偷儿的。俗话说："不怕贼偷，就怕贼惦记。"放眼看看，图书馆里矗立着的防盗感应门，每本书里深藏的磁条，可不就是防着那些雅贼吗？这是现代化时代的应对措施，而在中世纪的西方，某些图书馆里的书都系着粗重的锁链固定在书架上。想看书的话，就得在书架旁的书桌上就近阅读。这样的情形持续了几百年，终于渐渐消失了。迄今大英图书馆大厅里的铜椅的造型就是一本翻开的书，这本书保留了那根古老的锁链，被牢牢地锁在地上。

中世纪的图书馆最令人欣喜的图面是锁链旁边那些斜面的阅读桌。平日里读书最痛苦的莫过于姿势，放在书桌上读，老低着头颈椎受不了；若捧在手里读，沉沉的一本，时间长了连胳膊都觉得酸。于是，人们常常幻想，什么时候弄个指挥的乐谱架之类的架子放在眼前，看书时也悠闲地翻页，那该多么美妙。看到这些斜面的阅读桌，才明白原来以前的人们早就意识到了这个问题，想出了聪明的解决办法。

中国现存最古老的私家藏书楼——天一阁，历十三世、四百余年而不倒，全赖另一条无形的锁链——严格无比的藏书管理制度。"烟酒切忌登楼""代不分书，书不出阁"，阁门和书橱钥匙由子孙多房掌管，非各房齐集不得开锁，外姓人不得入阁，不得私自领亲友入阁，不得无故入阁，不得留宿阁内，不得借书与外房他姓，违反者将受到严厉的处罚。

读书人以声名和学问敲开了这座门，时逢开通的范氏四世孙范光燮，康熙十二年（1673年）黄宗羲被允许破例登阁看书，成为外姓登楼第一人。

而在嘉庆年间宁波知府丘铁卿的内侄女钱绣云，却无如此幸运，这个酷爱读书的女子，抱着入阁读书的痴想，嫁进了范家。却因范家规定妇女不能登楼而终生抱憾。

如今我们面对着浩如烟海的数字图书馆，拔剑四顾心茫茫，千歌万歌读书难，只为无从下手。但是无论读书有多难，我们都应该努力多读书。

给生命一段悠闲的时光

◎王吴军

　　台湾作家林清玄说，他有一个亲戚，做的生意很大。有一次，他到这个有钱的亲戚家里做客，看到这个亲戚忙得昏天黑地的，就问这个亲戚，你就不能给自己一个悠闲的清晨吗？亲戚说，我怎么敢那么悠闲，一个清晨对我来说就是一千万呀。林清玄想了一下，对这个亲戚说，你现在可以用一个清晨的时间挣到一千万，但是有一天，你用一千万却买不到一个悠闲的清晨，买不到一段悠闲的时光。

　　林清玄的话虽然平淡，却说出了生活的本质，他说的尽管是现代的语言，却包含着古老而美好的人生智慧，对于生活在快节奏的现代人来说，这是一种语重心长的叮咛。

　　是的，真的会有那么一天，不论用多少钱，都再也买不到悠闲的时光。

　　我想起了少年时在乡下老家生活的情景。

　　那时，我可以悠闲地在田间小径上漫步，我看得清每一棵草、每一朵花生长的身影，我能听出来小鸟鸣唱里的喜悦和孤独。在我住的院子后面，有我亲手栽下的六棵小树，当我站在旁边凝望它们的时候，我仿佛能感受到它们蓬勃成长的快乐。

那时，我可以在小树林里悠闲地看书，我可以在河水里悠闲地摸鱼。放学后，我背着书包悠闲地回家，我悠闲地和同学一起嬉戏，我悠闲地在庙会上闲逛，并且悠闲地吃着一角钱两个的水煎包。

那时，我可以悠闲地走过充满淳朴的身影和憨厚乡音的街道。

那时，我读书也是悠闲的，整整有半年时间，我只读了一本书，那就是《古文观止》。

那时，在悠闲的时光中，许多事情在变化着。家里拆了几间老宅，盖了几间新房。后来，我考上了重点中学，开始了住校的生活。接着，我在悠闲的时光中去了省城，看到了更为广阔的世界。

可是，自从告别了校园进入社会，成了一个城市人，我就很少拥有悠闲的时光了。我每天要早早起床，匆忙地洗漱，匆忙地吃饭。每天，我要匆忙地出门，匆忙地赶路，匆忙地上楼和下楼，像是一个在不断快速旋转的陀螺一样，没有丝毫的停歇，更别说拥有悠闲的时光了。

如今，我在匆忙中做着永远也做不完的事情，我在匆忙中消费着自己的表情和心情。我似乎没有时间悠闲下来，也没有时间去安静地思索。我真想让自己像少年时期在乡下老家时那样，让自己在悠闲的时光里把脚步慢下来。

如今，我每天经过路边的每棵树和街心花园里的每一朵花，从它们身边走了许多个日子，我却从来没有认真打量过它们，我们彼此之间竟然是那么陌生。

忽然有一天，我发现我的生活节奏太快了，我知道，这不是什么好事。我其实应该让自己拥有悠闲的时光，我要让自己的脚步和心情都慢一点，我应该给自己一个悠闲的清晨。

拥有一些悠闲的时光，生活的模样就会真正明朗起来，人的心情也就会真正明媚起来。

给生命一段悠闲的时光，让生命里多一些明朗而惬意的晴天，这样，人生才会增加更多的情趣和美好。

生命的梯子

◎李良旭

中央电视台拍摄的大型纪录片《第三极》，让我们领略到青藏高原的深邃和辽阔。青藏高原被称为地球上的第三极，相比南极、北极，它是唯一有着人类丰富生存活力的极地地带。

在第一集"生命之伴"中，有这样一个镜头：专门从事青藏高原雪豹研究的美国人乔治·夏勒博士与助手驱车行驶在海拔六千多米的青藏高原上。当行驶到当雄一条路段时，他们突然发现一些西藏的男女老少正在马路上弯着腰不知捡什么东西。

夏勒博士将车停了下来，走下车，看到他们捡起马路上的一只只毛毛虫，放在随身携带的帽子里、篮子里、盒子里、手绢里。他们捡得小心翼翼，好像生怕弄疼了那些毛毛虫。

夏勒博士好奇地问："你们捡这些毛毛虫干什么？"

一位西藏小姑娘抬起头，脆脆地回答道："昨天夜里下了一场雨，这些毛毛虫都爬到马路上来了，我们要把这些毛毛虫送回到草原上去，它们在那里就会变成一只只美丽的花蝴蝶了。它们都拥有一个美丽的生命，如果不及时将它们放回到草原上，它们就会被汽车活活轧死！"

夏勒博士这才明白，原来这些西藏男女老少是在拯救这些毛毛虫的生命。夏勒博士是一名长期研究西藏雪豹的专家，他是第一次发现这种情况，不禁十分震惊。少顷，他弯下腰，也捡起地上的一只只毛毛虫。

助手在一旁看了看表，着急地催促道："博士，时间不早了，我们赶紧走吧，不然要耽误我们进山考察雪豹了。"

夏勒博士头也不抬地回答道："雪豹是一种生命，考察雪豹固然重要，但是，这些毛毛虫也是一种生命。从某种意义上讲，一切生命都是平等的。只有敬畏生命，才能到达通往天堂的路。"

助手听到这里，若有所思地点了点头，也弯下腰，捡起地上那一只只毛毛虫。

马路上的小车已排成长长的队伍了，许多人走下车，像他们一样，捡起马路上那一条条毛毛虫，然后送回路边的草原上。为生命让道，也是为自己搭上一条通往生命的阶梯。这是萦绕在善良的西藏人内心的一种信仰和膜拜，根深蒂固，永不磨灭。

草原上，一些美丽的花蝴蝶已经在翩翩起舞了，它们给绿茵茵的草原带来无限生机和活力。

看着眼前这一幕，夏勒博士的眼睛里溢满了深情，只听到他喃喃地说道："青藏高原就是一架通往生命的梯子，我在这里找到了心中的天堂。"真的，珍惜每一个有生命的东西，就是珍惜我们人类自己。

临事而惧

◎草 予

人不该是无畏的。

少年，怕蛇、怕黑、怕疼，像是天生一副小胆，自然而然。

血气青春，怕爱一个人的路太长，门太窄，情路逼仄，走得胆战心惊。

浮世半生，以为已经修得坐怀不乱，恰逢上老下幼，时时悬心。

鹤发迟暮，该是无惧无畏了吧，偏偏，这样的年数早已经不起阔别，怕说再见。见一面，少一面。杨绛回忆钱锺书说，那个时候的他故意慢慢走，让我一程一程送。送一程，说一声再见，又能见到一面。并非不甘此生，只是不忍留她一人孤零零在世。

怕，不是内心不够强大，而是心中珍重。

春日，风一暖，花就开了。红破白露、半开素面、嫣红姹紫……是梅花、杏花、梨花……饱饱地看，看个够，不可辜负。有人酣畅，有人恐慌：花开得早了，春就要去得快。

人总有不忍，恻隐心在生命之初就是如此。

惧怕时间太快，不经用。

别离苦，所以离人会怕；思念催人老，所以不得相逢的人会怕；身在异乡，十日九风雨，酒醉也无人问，所以游子会怕；无限风光在险峰，所以攀登的人会怕……

人因为怕，开始学习惜取。

临事而惧，不是不够有底气，而是把事当回事，确认自己是否有足够力量担当。惧，是一种态度，诚惶诚恐，谨言慎行。胆气丰满，却又如履薄冰。把着小心，时时在意，步步留心，不草率，不出错，无过失，四平八稳，从从容容。

越博识，越谦逊。知道的越多，越清醒自己的匮乏。无知者无畏，书读得多、人见得全的人，总"小胆"，谦谦君子如是。

常常很长时间，不敢写字，觉得无能为力，那些诗人、作家，似极了绝峰，辨识度那么高，是如何努力也到达不了的远方。只有低头，才能确认自己存在。

可是，并不想就此作罢，总要写出来，憋着也不是个事，写了就对了，那是一件需要做的事，无从回避。于是，一边惶恐敬畏，一边执意无畏，试着走出自己的路，且不会想到放弃。

认定，这就是对自己最好的善待，自然而然地成全。

持久卑以自牧的人，往往安之若素，波澜不惊，抬头欢喜，低头自在，悠然自处。事来了，气定神闲，泰然自若。

不论是狂妄的心，还是自卑的心，不管不顾，照样会欣欣向荣，像天底下的作物。任由它们自生自长，是天底下最冒险的事，十分可怕。

不慕人，不卑己，尊人有分，敬人有度。与人相见，大气而华丽；与人相谈，如沐春风，恰如其分的样子。不敢自大，更不会自卑，带一点惧。

只该是这样轻轻地惧！

怕，重了，就成了怯！可以惧，但不能怯！怯生生的，像是中气不足，缺少安全感！

看事重，做事慎，就是临事而惧。

一点点怕意就够了，惧，刚刚好！

悦人与悦己

◎王　纯

　　歌手李健谈到参加《我是歌手》的初衷时说："我首先是为满足自我表达的愿望，先悦己而后才能悦人。"

　　能够做到李健这样，很是难能可贵。有句话是这样说的："悦人者众，悦己者王。"大部分人首先想到的是取悦别人，费尽心思去讨好别人，为别人活着，宁愿违背心愿也要取悦别人，希望能通过别人来提升自己。可一味去迎合别人的口味，失去了自我的个性，失去了鲜明的风格，反而得不到更多人的喜欢。

　　其实，悦己者才是真正的王者。为自己而创作，一切发乎心，发乎自然，活出自己的境界和风采，便能够获得内心的愉悦和创作的乐趣。悦己者拥有独立的人格和独特的魅力，因为悦己而光彩四射，因为光彩四射而赢得更多人的瞩目。

　　这样说来，悦己才能悦人。如果一个人做的事连自己都不喜欢，又何谈让别人喜欢？演员宋丹丹也说过类似的话："过去，我总是不遗余力地想使自己符合男人的标准。'我够好吧'成为口头禅，但常常感到被轻视。现在我会说'这就是我'，却得到前所未有的尊重！"

　　无论是在婚姻爱情、日常处事中，还是在艺术追求和人生追求中，都应该把悦己放在第一位。做好自己，让自己愉悦，别人就会尊重你，爱戴你。打个比方说，你穿衣服是为了让自己看着漂亮，而不是迎合别人的眼光。"女为悦己者容"，我想，应该是"女为悦己容"，不是为了某一个人，也不是为了大家，而是为了让自己开心。你感觉自己漂亮了，自然会自信大增，别人也会觉得你漂亮。

说得更宏大一些，你在坚守人生追求时，一定要把悦己当作基本条件。我身边有一个人，活得真实率性，他把"悦己"当成生活信条，因而不会趋炎附势，不会委曲求全，也不会随波逐流，他有自己的行为准则和成功标准，始终坚守着心中美好的愿望。他的生活姿态很是让人羡慕。

当然，有些情况悦人是必要的，需要牺牲自己的利益来成全大家的利益。我们要说的是在一般情况下，只要不妨碍社会公德以及公共秩序，悦己都应该是悦人的基础。

不过有的时候，悦己和悦人是会发生矛盾冲突的。因为每个人都有自己的个性，而这种个性有时会与大众心理发生矛盾。我们知道，有很多艺术家在生前并没有得到多少关注，比如凡·高、舒伯特等人，他们一直在追求自己的艺术境界，可悦己的同时并没有"悦人"。很多时候，你坚守自己，满足了表达的愿望，却与世界格格不入。这样的时候，也是考验一个人的时候，是放弃自我迎合世俗，还是永远为自己而活？能够做到"悦己"的人是了不起的，我以为，他们活得清醒，懂得自己毕生想要的是什么。这样的人，终究会得到别人认可的，他们有了不起的超凡脱俗的境界，更值得仰望。

　　"悦人者众，悦己者王"，能做到"悦己"的人，永远是人生的王者。

种因得果

◎慧　意

　　曾国藩作为晚清一代名臣，成长路上有两个人对他的影响极大。

　　道光二十一年（1841年），曾国藩到了而立之年，此时他一心想出人头地一展抱负，却不得法，即使身为一个文人，对于当时名目繁杂的学问，他也感到没有头绪、难以入手。带着满腹疑问，他去请教当时的太常寺卿唐鉴，彼时唐鉴深受道光帝器重，声名鹊起。

　　唐鉴告诉曾国藩："当今学问虽然众多，但归结起来不外乎义理、考据、文章。但是，考据学是舍本求末、遗精求粗，既无益修身齐家，又不关心社会现实，你从中学不到治国平天下的本领。文章之学固然好，但从古至今，儒家学者一直讲求文以载道，若你不精于义理之学，诗文词曲终是做不好，所以，你应抓住根本，从义理之学入手。"唐鉴要曾国藩学习义理之学，同时也是教导曾国藩要确立正确的思想信仰。

　　对于当时还只是模糊地以做"以文章报国，可以无愧于朝廷的词臣"为志向，停留在"寻声逐响，追名逐利"锐意功名中的曾国藩，唐鉴的见地开启了改变他一生的大门。曾国藩在他后来的日记中，如此评述当时唐鉴对他的影响："思想上经受了一场重大的洗礼，终于找到了安身立命之所和做人做事的思想基础。"

唐鉴主张治学从修身起，谆谆告诫曾国藩"从现在起克制私欲、戒欺戒玩，把握住身心"。曾国藩听进去了也如是遵行，其后为自己定下"主敬""静坐""早起""读书不二""读史""谨言""养气""保身""日知其所亡""月无忘其所能""作字""夜不出门"十二条规则，严格约束自己。

在修身意识上，唐鉴的引导只是一个起点，真正在修身修为上对他产生震撼影响的是另一人——倭仁。

倭仁是同治皇帝的老师，翰林院掌院的大学士，在修身上倭仁有对自己极为严苛却行之有效的特别方式。倭仁每天会做"日课"，即把每天从睁眼起床到就寝前的一言一行，尤其是思想中任何一个隐秘的不良念头、私欲、贪念，一日里所有不检点之想法行为，全部记录无遗，毫不留情地警醒自己，达到改正过失的目的。更令人敬佩的是所记这些并不是关起门来自我反省，暗中改过，而是要公之于"众"，在同僚间相互"批阅"，把私密的念头示人，达到心无不可告人之事的修为，互相指出对方不足，互相学习彼此优点。

曾国藩听闻后极受震动，从此亦对自己的一心一念严加观照，仿照倭仁每日里一念一事，皆记录在册，敦促自己，弃恶从善。

圣哲大德者必有其过人之处，而这些不凡不是一蹴而就的，曾国藩儿时并不聪慧，但靠着严格的自律、坚持和勤奋成就了自己。

"每一个时代都有迷茫，每一代人都在寻求出路。我们现在遇到的所有问题，在历史上也曾一次次出现。回到历史的具体情境中，去看当时的大人物们如何解决如何解答，启发自己换个姿势奔跑。"佛家更说"种因得果"，先贤为后人演示了立世为人求成的典范。后人谦心遵训而行，为自己的人生路种下良因，亲贤能，读好书，走正道，修身，奋斗，正知正念，使自己最终采撷到甘美果实。

孤独的人养着一只精神的孔雀

◎谢海云

　　我有一个仕途上的朋友，因为受贿被判了刑，在狱中感到无聊就看书写文章，后来竟写上了瘾，不断有佳作发表，出狱后竟成了一个小有名气的作家。所有人都以为他会借此东山再起，他却看淡名利，卖了城里的房子，到偏僻的乡下定居，种点小菜，养点小鸡小鸭，然后专心写作。面对人们的疑惑，他说，他爱上了孤独。

　　他说在监狱里他感受到了失去自由的痛苦，但同时获得了一份心灵的宁静。在那段忏悔的时光里，他的思想得以净化。最初的孤独是可怕的，可是时间久了，他发现，孤独是他自己给自己酿的美酒。

　　法国的萨米耶·德梅斯特写过一本书——《在自己房间里的旅行》，他在写这本书时还是一位年轻的贵族军官，因为年少气盛去私斗，被判禁足四十二天。军令、屋墙虽然可以禁锢身体的移动，却无法禁止心灵的旅行。他把这段日子看作是一次美妙的旅行，在为期四十二天的禁足生活里，他写下了四十二篇随感。在小小的房间里，凡目所能及便心有所动，每一天对他来说都是一次极有意义的心灵旅行，他在文学、艺术、哲学、医学、生命意义等诸多领域进行了广泛的探索，那些在孤独中产生的智慧，被记录成文字后，竟弥足珍贵。这次小小的旅行，让他原本麻木的思想变得敏锐，让原本狂妄自大的他变得谦卑自抑，让原本郁闷不堪的禁足，脱胎成了一场轻松而富有哲理的心灵探索。

由此可见，人都有一个更好的"自我"，那个"自我"要在独处时才能被自己窥见，才能被自己寻找回来。对于有时机发现"自我"的人，在孤独中行走，在孤独中思索将是人生中非常美妙的一种体验。可是我们大多数人面对被禁足这样的郁闷事，十有八九都会感到烦躁不安，一心想逃离出去。其实倘若能换种心情去对待，像那个监狱里的朋友和萨米耶·德梅斯特一样，能渐渐习惯孤独，安心地在里面读书、思考、写作或者借用别的有意义的事情来驱赶寂寞烦闷，可能最后也会像他们一样在孤独中品出一份诗意和禅意来。其实细细想来，有时孤独寂寞不一定是坏事，极有可能是创造另一种全新生活的契机，会让你静下心去思考更多深层次的问题。

蒙田、梭罗、法顶禅师……古今中外，一个个思想巨匠，哪一个不是把孤独当作亲密伴侣？

近日闲读《丰子恺文集》，文集里收集了他大量的日记书信，有一段文字读后久久萦绕心间：

"上午有课，下午无事。与三儿到圩买冬笋煮之，复加以蛋，甚美。饮三花酒二杯，吃饭三碗。"

大概可算文集里最短的一篇。虽短，但我喜欢这一篇。私下猜想，那日丰子恺先生心情一定甚好，只冬笋，加些蛋，便成美食。有美食，添酒小酌，酒后，饭三碗。虽已无法追寻当年他因何事而欣喜，但能料想彼时的他心境纯美，超然万物，兴许那日并无闲事挂心头，亦无病痛缠于身吧！

日记书信里有诸多细碎的家长里短、生老病死等记录，从中可以窥见丰子恺那几年的生活并不轻松。那几年刚好遇战事频发，工作忙碌，加之足病牙病、感冒肺病屡屡光顾于他，妻子儿女又多病多灾，再加经济窘迫，需时常向友人借钱聊以度日……如若跟我们这个和平年代出生的人相比，实不能相提并论。

在那样的烽火年代，尽管物质匮乏、身体欠佳，可丰子恺先生终日能达观面对，几乎日日不忘记录生活点滴，工作之余还坚持看书、画画、写散文，想来，已是相当不易。他在《病中作》一诗中记道："岁晚命运恶，病肺又病足。日夜卧病榻，食面或食粥。切勿诉苦闷，寂寞便是福。"在他眼里，寂寞是上天赐予人的清福，若是一个人能守得住寂寞，寂寞便会开花，这是寂寞予人最大的回报。

雪小禅说："更多时候，孤独的人都养着一只精神的孔雀，独自在自己的精神花园里散步。"那些身陷孤独而不感寂寞和无聊的人，他们一定有着强大的精神在支撑着自己，才使自己在最孤寂的时候也不凋落，在身处绝境时内心依然坚定着一份执着的信念。因为他们向往在孤独中完成一次涅槃，变成那只最美的孔雀。

祖母的"家规"

◎何东升

　　我的祖母是个生在旧社会的妇女，没有受过什么教育，但是做事干净利索，在世的时候是我们这个大家庭的主心骨，家里的大事小情都要经过她。

　　从我懂事开始，就记得祖母有个不成文的"家规"，家里的任何物品都必须要放到固定的位置，大到生产农具，小到针头线脑都是这样。用的时候去固定位置拿，用完后必须要放回原来位置，否则就会受到祖母的数落和指责。祖母总是说："东西乱扔乱放，找的时候太费劲，有时候还找不到，把东西放到老地方，闭着眼睛就能找到。"

　　记得我八岁的时候，有一次放学回家，随手把书包扔到炕上，一向对我宠爱有加的祖母把我狠狠地训斥了一顿，并且逼着我把书包放到规定的位置。我感到很委屈，认为祖母是"小题大做"，等出门的小姑回娘家的时候告诉她，小姑却笑着说："因为你是孙子，已经隔了一代，这算对你客气的呢！我们几个兄弟姐妹小时候因为乱扔乱放东西可是没少挨打呀！"我们全家都无法理解祖母为什么这么执迷于这样的"家规"，但是祖母却用这条再简单不过的"家规"把家里料理得井然有序。也正是在这样的环境下，我从小就被动地养成了"物有定位，物归原处"的习惯，自己的生活物品和学习物品总是摆放得井然有序，而且每次用完也都是"物归原处"。这样的习惯让我从来没有为找东西而发过愁，做事也有条理，节省了不少时间和精力。但是我还是在心里对祖母的"家规"不以为然，后来的两件事，彻底改变了我的看法。

1996年，我到某矿参观，该矿一个大型设备是德国西门子公司生产的，当时出了故障被拉到地面上，由一个德国来的技师在帮着检修。这个德国技师每次在检修前，总是在地上铺一块白布，然后把所有用到的工具从包里掏出来有序地摆放在白布上，用到哪个工具就拿哪个工具，然后总是"物回原地"，而矿上的检修工人总是用到什么工具时才到包里去找。这虽然是一个细节的差别，但是干同样的活，德国人的效率却高得多。

一次偶然的机会读《曾国藩家书》，也提到了类似的一个细节。曾国藩的家书都是教育子女的，他在一封家书中曾经提到自己对物品摆放极为严格，甚至连一个布条放在什么地方都有明确的规定。很难想象就连曾国藩这样的"大人物"对这种事都这么重视。

德国技师的"做法"和曾国藩的"做法"同祖母的"家规"如出一辙，让我不得不认真审视祖母"家规"的重大意义了。

其实祖母的"家规"体现的是"凡事要有条理性"的道理。做任何事情都要有条理性，有条理了就会脉络清晰，事半功倍，否则就要手忙脚乱，事倍功半。许多人正是因为做事没有条理，导致效率低下，每件小事上效率都低一点，时间长了，差距就拉开了。如果养成了做事有条理的习惯，每件事上都提高一点效率，天长日久效果就出来了。德国不是大国，但是科技和制造业却领先世界，靠的就是民族严谨的性格，而做事有很强的条理性恰恰是严谨的体现。曾国藩资质平平却取得令后世仰望的功业，靠的是他严谨的条理性。试想德国人和曾国藩在如此小的事情上都有这么强的条理性，在大事上就可想而知了。

祖母的家规是她人生的体悟，可能她也讲不出其中道理。这虽然很简单，但是蕴含了人生的大学问、大智慧。

马叙伦与"三白汤"

◎周　礼

　　自古以来，文人墨客之中不乏酷爱美食的达人，诸如苏东坡、李渔、袁牧、曹雪芹等，他们不但喜欢美食，还做得一手好菜。与苏东坡等人一样，马叙伦也有此爱好，闲暇之余，他除了吟诗作赋、练习书法外，还喜欢烹饪美食，享受其中的乐趣。

　　二十世纪初，北京餐馆的食谱中有三道以名人命名的名菜：赵先生肉、张先生豆腐、马先生汤。其中的"马先生汤"就是马叙伦亲手所创。据说，当时北京中山公园内有一茶座，为社会名流雅聚品茗之处。马叙伦经常光顾那里的川黔馆长美轩，他们做的菜味道不错，唯独汤不怎么样，于是，马先生便将自己独创的"三白汤"传授于厨师。为感谢马先生的赠菜之情，长美轩特地将"三白汤"更名为"马先生汤"。此后，"马先生汤"一直是长美轩的一道招牌菜，食客品之，无不点头称赞。

　　"三白汤"到底是一道什么样的菜呢？所谓"三白"，就是指白菜、竹笋和豆腐。因为它们的颜色均为白色，故名"三白"。这道菜看似简单，实则非常讲究，尤其是配料，多达二十余种。马先生在《石屋余沈》中说："……此汤制汁之物无虑二十，且可因时物增减，惟雪里蕻为要品……"从中我们可以看出，雪里蕻是此汤的关键，别的作料尚可"增减"，唯雪里蕻缺不得。马先生所讲的雪里蕻，其实就是我们现在所说的雪里红，又称雪菜、香青菜、辣菜，是芥菜的变种，将芥叶连茎腌制，便是雪里红。

马先生自创"三白汤"，除了个人喜好外，恐怕还有另外一层意思，即：做人要清清白白，威武不能屈，贫贱不能移。马先生年轻时曾追随孙中山先生，是老同盟会会员，在做人方面，他十分讲究气节。1916年，袁世凯称帝，马先生十分不满，愤然离职，遂得"挂冠教授"之美誉。1937年秋，上海被日军占领，马先生悲愤不已，蓄起胡须，更名邹华孙，从此隐居不出。同年末，日军在华北成立傀儡政府，出任伪教育总长的汤尔和曾派说客请马先生担任北大校长，没想到当即遭到马先生的严词拒绝，不仅如此，马先生还劝汤尔和不要为日本人做事，要保持晚节。1940年，马先生的生活陷入困境，大汉奸陈公博知道后，想借机拉拢他，派人送去许多钱粮。马先生得知，亲自跑到门外，阻止他们卸车，将大米和钱如数退回，并高唱屈原名句以自励。可以说，无论是做人、做官，还是做学问，马先生都坦坦荡荡、清清白白，堪称一代学人的表率。

赵普：慧眼识得潜力股

◎任　艳

　　北宋初年活跃着一位著名的政治家——赵普，从一介名不见经传的草根，逆袭为大宋开国功臣，并随后为相十年之久，他声名赫赫，权倾朝野。如此华丽的转身，赵普凭的是什么呢？他是看中了赵匡胤这支潜力股吗？坊间盛传赵普不过是溜须拍马之徒，他的相位全凭"一碗汤药的殷勤"而得，事实果真如此吗？这还要从草根赵普说起。

　　赵普出生在五代末期，身逢乱世，为躲战乱，他随家人从老家幽州一路辗转逃难到洛阳。这时，赵普已经二十多岁了，常年的逃难让赵普没能读多少书，所以工作也不好找，他只能投身诸侯的幕府做一名幕僚，身份低微，连个编制都没有，是名副其实的草根。

　　幕僚一干就是十多年，当人生看似没有任何希望时，"柳暗花明又一村"，赵普忽然迎来了转机。后周显德三年（956年）时，赵普受人推荐，被政府任命到滁州做军事判官，在赵匡胤手下做一名参谋，这才算当上了"公务员"。

　　赵匡胤就是后来的宋太祖，可当时他并没有任何可能当皇帝的迹象。那时宋太祖效力于周世宗手下，就是一名普通将领，地位卑微。家底厚、官阶高、军功大的人多了去了，不要说没人相信他以后能开创大宋基业，就是赵匡胤本人恐怕也难以想象。一句话，他跟潜力股没半毛钱关系。

于是，赵普与宋太祖的初次会面，就是再普通不过的上下级见面，没有鲜花，没有掌声。而且见过面，赵匡胤就受命要打仗去，只是这节骨眼上出了状况：赵匡胤的父亲病了。父亲生病无法随军而行，军令不可违，又不能舍父亲于不顾，这可难倒了赵匡胤。正当他焦头烂额时，刚来的赵普挺身而出："将军只管放心前去，您父亲就由我来代为侍奉吧！"赵匡胤一听，非常感激，拱手道："那我老父亲就托付于你了！"之后，扬鞭而去。

赵普说出的是简单的一句话，但担负的却是替人承担孝道的责任。他白天上班，抽出空当就跑来对赵老爷子嘘寒问暖，熬药煮汤，悉心照顾；下班第一时间赶到病床前，陪老人聊聊天，谈论下时局；晚上更是就宿在老人房内作陪床。晚上，遇上老人不舒服，赵普会毫无怨言地起身照料，端茶递水。赵普所做的一切让老爷子心里异常感动。

赵匡胤父亲虽然生病了，可脑子并不糊涂，赵普对自己无微不至的照顾，他全看在眼里、记在心上。他知道，赵普怎么说也是名公职人员，就因为对自己儿子的一个承诺，放下身段如此侍奉自己，连该是仆人做的事也都全部揽下，赵普所做全然是一个儿子应尽的孝心了，可见他厚道守信。时间久了，赵老爷子也把赵普当儿子一般看待，他感激之余，心中还萌生了一个想法。

一日，老爷子拉住赵普的手说道："你如此尽心侍奉我这么一个病老头，实在淳朴厚道，我很喜欢你。我们都姓赵，不如结为同宗，做一家人，你看怎么样？"赵普一听，也很欢喜，当即就答应下来。就这样，赵普与赵家结为同宗，与赵匡胤成了一家人。

　　赵普由此走进赵匡胤的视野，也走向了权力的巅峰。只不过，并不是如坊间传言那般，他认定了赵匡胤这只潜力股，才刻意逢迎，殷勤地奉上那碗汤药，而是赵普本身所具有的敢于担当、乐于助人、坚忍、做事有始有终的优秀品质打动了赵匡胤，成就了他的名相之路。正如后来当上皇帝的赵匡胤所说："假如在尘土中就能辨识天子，那么人人都可以去访求了。"

赞美的力量

◎鲁先圣

1909年，风度优雅的布洛亲王是德国的总理大臣，而这段时期，正是傲慢自大的威廉二世做德国皇帝。威廉二世1859年1月27日出生于柏林，是威廉一世的长孙，腓特烈三世和维多利亚公主的长子。由于出生时发生臀位生产，他患上了厄尔布氏麻痹，以致左臂萎缩。为弥补这一生理缺陷，威廉自幼接受严格的军事训练，不仅练成了高超的马术，也养成了桀骜不驯、狂妄自大的性格。

这位不可一世的皇帝，从仅仅当了九十九天皇帝的父亲手里接过皇帝之位以后，建立了一支雄武强大的海军和陆军，他自大地相信，他的这支军队可以战胜任何一个国家的军队，甚至可以征服全世界。

像这样狂妄的话，在自己国内说说也就算了，不会有人介意。但是，狂傲的威廉二世在访问英国的时候，口出狂言，他宣称自己是唯一一个对英国友好的德国人；他声明他建立的强大的德国海军是为了对付来自日本的威胁；他断言是他独自一人挽救了英国，使英国免遭苏联和法国的侵略；他还公然说，正是由于他的精心策划，才使英国在南非打败了波尔人。他还狂傲地让欧洲人都感谢他，因为正是由于他建立了强大的德国军队，欧洲才获得安全。

经历了一百多年和平时期的欧洲，从来没有一个欧洲君主这样大放厥词。这些令人难以置信的狂言，立刻通过媒体的传播震撼了整个欧洲大陆。更为糟糕的是，这位德国皇帝竟然是在别的国家讲了这些愚蠢自大、荒谬无理的话，而且他公然要求伦敦的《每日电讯报》全文刊登他所说的这些荒谬之词。

不仅英国感到这是自己的奇耻大辱，欧洲其他各国也都愤怒起来。他们无法接受德国皇帝把自己打扮成欧洲救世主的角色，各种尖锐、激烈的谴责从欧洲各国蜂拥而起，这使德国的政治家惊恐万分。

面对这种空前的舆论围剿，德国皇帝自己也感到事态严重，有些慌张了。他向身为德国总理大臣的布洛亲王暗示，由布洛亲王来承担一切责难，希望布洛亲王宣布这全是他的责任，是他建议君王说出了这些令人莫名其妙的话。

也只有威廉二世才能够想出这样的办法，布洛亲王没有考虑就反对说："但是，陛下，这对我来说，几乎是不可能的。全德国和英国，没有人会相信我有权力建议陛下说出这些话来。"

布洛亲王话一说出口，就立刻明白自己犯了大错，凭他对皇帝个性的了解，这样的话只能激怒皇帝。果然，皇帝立刻勃然大怒，大为恼火地指责他："你认为我是一个蠢人，只会做那些你都不会做的错事吗？"

布洛亲王明白自己的言语方式犯了错误，他应该先恭维皇帝几句，然后再委婉地提出善意的批评，然后再为皇帝想解决的办法。他说："我绝没有这种意思，陛下在许多方面皆胜于我，尤其是自然科学方面。在陛下解释晴雨计，或是无线电报的时候，我经常注意倾听，内心十分佩服，并自惭形秽，因为我对自然科学的每一门皆茫然无知，对物理学或化学毫无概念，甚至连解释最简单的自然现象的能力也没有。"布洛亲王继续说，"但是，为了补偿这方面的缺点，我学习了某些历史知识，以及一些可能在政治上，特别是外交上有帮助的知识。"

听了这些赞扬自己的话以后，皇帝脸上露出了微笑，暂时忘记了亲王刚才对自己的不敬。他说："我不是经常告诉你，我们两人互补长短，就可闻名于世吗？我们应该团结在一起！"

从来都狂傲不可一世的威廉二世，平生第一次主动上前紧紧握住布洛亲王的手，十分激动地说："如果任何人对我说布洛亲王的坏话，我就一拳头打在他的鼻子上。"

即将爆发的愤怒因为一段赞美的话风平浪静了，即使狂傲如德皇威廉二世也因为别人的赞美而低下了头。而且，两个人因此而增加了友谊和信任，此后的很多年，威廉二世始终重用布洛为自己的总理大臣。

祖父的热狗

◎李克红　编译

　　小时候，我和祖父一起生活在特莱瑞德小镇，祖父经营着一家热狗店，我也经常去那里玩，因为在那里我可以随时吃我最爱吃的番茄酱热狗。

　　有一次，祖父在里面忙别的事，我就坐在门口替他看管热狗。不久，一个衣衫褴褛的流浪汉走了过来，他伸手把两个十美分的硬币递向我说："我想买一只热狗。"他的手沾满了黑黑的污渍，那两枚硬币也因为他手心渗出的汗水而变得黑乎乎的。我不希望这些脏钱混进祖父的钱盒子里，更不愿意伸手去接，所以就拒绝他说："我不卖给你，你去别的店里看看吧！"那个流浪汉迟疑了一下，又轻声地说："拜托你，我只是想买一只热狗，希望你卖给我。"这次，我不仅拒绝了他，还大声地对他说："我不卖给你，你快点离开这里，你站在这里会阻碍别人来购买热狗的。"

　　那个流浪汉这才沮丧地转身，就在他准备离开的时候，祖父突然从里面跑出来说："嘿，伙计，别走！"那个流浪汉回过头来看着祖父，祖父拿起一只热狗来到他面前说："真是对不起，他是一个不懂事的孩子，这只热狗是卖给你的。"那个流浪汉喜出望外，连忙把手中的硬币递给祖父，祖父微笑着从他手中接过硬币说："欢迎你下次光临！"流浪汉开心地离开了，祖父也走回来把那两枚硬币放进了他的钱盒里。我不解地问祖父："他的手那么脏，钱也那么脏，你为什么愿意把热狗卖给他呢？我们又不在乎多卖这一只热狗。"

祖父认真地说："你知道吗？他的手虽然很脏，但他的钱却是干净的，这甚至有可能是他的全部积蓄，他把自己的全部积蓄用来买我们的热狗，我们难道不应该觉得庆幸吗？如果我们因为他的手脏而不把热狗卖给他，这对他会是一种天大的伤害，所以我虽然不在乎是不是可以多卖一只热狗，但我必须尊重任何一个人的财富，必须珍惜任何一个人对我的信任，明白吗？"

原来，祖父将热狗卖给那个流浪汉，并不仅仅是卖一只热狗或赚几枚硬币的事情，而是人与人之间的尊重、信任与感恩。

状态源于心态

◎宋守文

　　"态"，拆开来就是心大一点儿。同样一颗心，想的东西大，心就是大的；想的东西小，心就是小的。

　　心态好，就是心态年轻，心眼大；心态不好，说白了，就是心眼太小。态，是内在品质的外露，有种不同凡响的气质，蒙娜丽莎的微笑，就是最好的诠释。

　　心大了，乐多了，自己的世界就大了，路子也就宽了，事情反而小了。所谓心大，是指想得开别人想不开的事，容得下别人容不下的事，放得下别人担心的事。心大的人，虽然有时也会生气，但在宽大的胸襟里"气"被稀释了、消减了、化解了，不显眼了，总是一副豁达平和的心态，就会大事化小，让事情变得简单。

　　心小了，小心眼，愁便多。小心眼，就是气度过于狭窄，经常猜疑他人，容易为一句话、一件小事生闷气，为此而无事生非；愁多了，自己的世界就小了，路子也就窄了，事情反而变大了，烦心事反而变多了。

　　所谓心小，是与心大相悖，是想不开别人想得开的事，芝麻蒜皮都是大事，想不开，人家能容得下的他容不下，一点点小的得罪，也睚眦必报。心小，量小，气满，心胸狭窄，就会小题大做，让矛盾变得复杂，甚至会雷霆爆发，于是设法找人发泄，找人报复，不然就会自我爆炸。

心净了，美德的花朵才能绽开，倒映在心里的世界就清澈美丽了。心亮堂了，看世界就明亮了，看事物就清净得多了，一切都自在了，自由就尾随来了，潇洒也结伴跟着来了。

心空了，绝望了，就一无所有了；心平了，自在了，就看淡沧桑内心安然了；心满了，充满了慈善，心里就有全世界了；心乱了，再有条理的生活，也会变成一团乱麻。大事心不畏，小事心不慢；无事心不空，有事心不乱。

东汉末年的曹操、袁绍之间的官渡之战。战前，袁绍的一个谋士一再劝谏袁绍改变策略，否则必败无疑。心眼很小的袁绍不但不听，还把此人关进大牢，声言自己凯旋时再与之算账。遗憾的是此战曹操大获全胜，袁绍则一败涂地。袁绍因羞于见这个谋士（当然还有其他人的挑拨），竟将其杀害了。心小，竟小到这个程度，也难怪袁绍的世界很快便小到消失了。

唯有打扫自己的心房，才能清除更多的霉气和烦恼；唯有拓宽自己的心量，才能装下更多的幸福和快乐。

心量有多大，事业就有多大；人心能容多少，成就就有多少。心量狭小，则多烦恼；心量广大，智慧丰饶。心若计较，时时都有怨言；心若宽容，处处都是春天。只是，可别粗心大意，小心吹捧的光、嫉妒的光、疑惑的光混同赞美的光一起破窗而入。

　　以心知心，心窗是敞开的，思想是合拍的；以心交心，心底是无私的，相互是坦诚的；将心比心，心中是尊重的，收获的是人心；以心换心，心境是宽阔的，志向是趋同的；以情换情；以德报怨，以善报恶，远离尘嚣，亲近自然，携手走进"心"时代。

学会欣赏

◎苗向东

一个滴水成冰的冬天，父亲带着希拉里散步，她看见一个中年妇女穿着泳衣在河里游泳。希拉里缩着脖子，用口吹着暖气哈手，突然指着那个人笑着说："爸，你看那个人，这么冷的天还游泳，就是一个傻帽儿。"父亲非常生气地说："这就是你的不对了，这是你缺乏欣赏的眼光。对这样的人，你应该感觉到她十分热爱生活和生命，才会在这样的季节仍然坚持锻炼身体。"这让希拉里记了一辈子。

张丽钧校长讲过一个故事：在一位小学特级教师的公开课上，老师点了一个男孩起来朗读，由于校长来了，还有其他学校的领导都来听课了，孩子紧张得直发抖，一开口就把句子念错了。老师让他再读，他更加紧张，平时的口吃更严重了。邻座的一名漂亮的女生笑了，举手想接替。但老师仍然微笑着鼓励男孩，男孩这下豁出去了，顺利地把一段念完了。老师便问旁边的女生："你想评价一下他的朗读吗？"女生站起来说："他急得满头大汗。"老师说："应该说，他为了念好一段，急得出了满头大汗。""那他后面读得怎么样？""后面还行。""那么请你带个头，我们一起用掌声鼓励他一下。"教室里顿时响起了掌声，那男生笑了。这位老师是名特级教师，在他眼里，再坏的学生都能被他讲出优点来。他能给弱者尊严，给强者仁爱。

培根说："欣赏者心中有朝霞、露珠和常年盛开的花朵。"一定要学会真诚地欣赏别人，因为每个人都有值得我们欣赏的优点。当你这样做的时候，你就会拥有很多的朋友。懂得欣赏，我们才能真正从别人身上发现并汲取向上的力量，收获成功的喜悦。懂得欣赏的人，不会因为别人有缺点而愤愤然，他们会更多地看到别人的闪光点，会看到对手在另外一些领域还有优势，值得自己学习。

作家李良旭有一双善于发现的眼睛，他很善于发现同事朋友家人的优点并给予鼓励，乃至他家人也耳濡目染。一天他和妻子一起去散步，妻子看到一个老太太捡废品，说："你看那老太太多美啊，那么大岁数了，还在这么辛苦地捡废品，一只油瓶，在她眼里仿佛绽放出花一样的美丽。她的身上积淀着一种劳动的美，生活虽然还有许多艰辛和困难，但是有了这种美，就有了一种坚强和勇敢。"一天儿子放学回到家，一进门就兴奋地对李良旭说："我们班今天来了个新同学，是个民工的孩子，他的一条腿行动不便，老师安排他和我坐在一起。没想到，他学习真好，一堂课，他举手发言了三次，老师让他坐着发言，可他硬是手支撑在桌上，艰难地站起来发言。回答完老师的问题后，才又斜着身子，艰难地坐下。看着他发言，我感觉他的姿势非常美，这种美，充满着一种自信和坚强。还有，他那一手漂亮的字，更让我钦佩不已。我为结识了这么一个新同学，感到无比高兴，他就是我学习的好榜样。"

优秀的人总是相互欣赏的。聪明的人在欣赏别人的同时，也在不断地完善自己，提升自己。学会欣赏是做人的一种美德。欣赏是一种健康的心态，脱俗的境界，良好的修养。懂得欣赏别人，久而久之，别人的优点也成了你的优点，别人的美丽也成了你的美丽，你也会成为一道亮丽的风景。

一个青年流浪到巴黎，期望父亲的朋友能帮自己找一份谋生的差事。"化学精通吗？"父亲的朋友问他。青年摇头。"物理怎么样？"父亲的朋友接连地发问，青年低下了头——自己似乎一无是处。"我看你挺实在，也挺谦虚啊，那么你把自己的住址写下来。"青年羞愧地写下了自己的住址，写完就急忙转身要走，却被父亲的朋友一把拉住了："年轻人，你的字写得很漂亮嘛，可能你也会写文章吧，这下就好办了。"这个青年没有想到，对方不但没有批评自己，还发现了自己还是有优点的。受到鼓励的青年，后来果然开始写作，把自己仅有的一点优点不断地壮大。数年后，青年果然写出了享誉世界的经典作品，他就是家喻户晓的法国著名作家大仲马。

正如陶行知所说："你的教鞭下有瓦特，你的冷眼里有牛顿，你的讥笑中有爱迪生。"所以，要以欣赏的眼光善待你身边的人和事，因为一个善意的赞赏，可能对他人产生极大的动力。

希拉里的爸爸曾教育希拉里，一定要学会真诚地欣赏别人，因为每个人都有值得欣赏的优点。当你这样做了，你就会获得更多的欣赏。欣赏是一种给予、馨香，一种沟通与理解，欣赏与被欣赏是一种互动的力源，欣赏者必须有愉悦之心，仁爱之怀，成人之美之善念。欣赏别人，那是一种友爱、真诚、懂得尊重别人的表现。唯有学会欣赏别人，才能学会尊重别人，也才能在别人的感激里，为自己赢得别人的友谊和尊重。欣赏会让我们融洽关系，造就人才，成就事业，创造美好未来，赢得幸福人生。

不可不"矜庄"

◎ 段奇清

"矜庄"者，端庄持重也；与之相对应的当是"矜智"。

大凡世上之人，有点本领和成绩生怕别人不知道，本来是夸耀，是矜智，却还硬要给自己贴上"适度宣传"之类的标签。这种做法稳重不足，轻浮有余，既害人也害己。故唐代诗人陈子昂有诗言："夸愚适增累，矜智道逾昏。"

有一种草叫楔节草，最初生长于非洲，是早期提炼类固醇的主要原料。因为对人的毒害特别大，后来终被淘汰。它究竟对人类有多大危害，读过下面这个故事就明白了。

在亚美尼亚共和国北部的阿拉加茨山下，有一个名叫卡塔基的小镇，一千多年前，就有人开始大规模种植葡萄，镇子里有好几座历史悠久的大型葡萄种植园。然而，几十年前，这些葡萄园全部闲置荒芜。直到2010年，退休工人安博打破了这个小镇的宁静。

这一年，安博向镇政府提出承包葡萄园的请求，镇政府自然应允，并只象征性地收取了一点承包费。由于土地空闲多年，地力大增，安博并没费多大力气，一串串如翡翠像宝石一样的葡萄就挂满了葡萄园。

为了确保丰产丰收，安博在这段时间格外留神。一天下午，他像往常一样在葡萄园检查巡视，突然看到有人正在偷摘葡萄。安博见是一个十一二岁的小男孩，只说了他不懂事，教育了几句，就让他赶紧离开。

第二天天刚亮，安博正准备起床，却传来一阵吵闹声。他下楼打开门，是一对中年夫妇，后面还有一位满脸皱褶看起来八九十岁的老者。中年夫妇哭闹着，"老者"低头不语。安博刚要问，妇女说："你昨天下午是不是抓了我们的孩子？""老者"这时开口了："我昨天就是从他的葡萄园中偷吃了葡萄。"声音极其稚嫩。这让安博大吃一惊：一个十几岁的小孩儿，一夜之间怎么会变得如此苍老呢？

经化验，发现男孩的血液中含有类固醇成分。接着，他们又在葡萄园中发现了一种奇怪的草，上面开满白色的小花，还有一股怪怪的香味。经植物学家认定，这种开白花的小草就是楔节草。它所含的类固醇是一种激素，化学性质极为活泼。而葡萄园正是因为经营它的业主们常常会在一夜之间变老几十岁而被废弃多年。

楔节草不懂得矜庄，以极其活跃的个性夸耀显现自己，在让他人受害之时，它最终也被人类赶尽杀绝。不懂得矜庄，灾难就已经向你袭来。

在古巴的内陆湖泽旁，生活着一种硬毛鼠。有一天中午，一只硬毛鼠"扑通"一声跳入湖水中。这一下，惊醒了正在小憩的鳄鱼。而正当几只鳄鱼游过来欲把硬毛鼠当午餐时，硬毛鼠却轻盈一跃，站在了湖水中的一棵树上，得意扬扬地看着忙乱的鳄鱼，似乎在说："你们这些笨重的家伙，有本领就上来啊！"那些成年的鳄鱼们绕着树游了几个圈儿，只好"望树兴叹"，无奈地离去。

可有一条小鳄鱼仗着自己的身体较轻，使出全身的力气，开始向树上跳跃。硬毛鼠似乎就要享受这个"傻乎乎"的家伙的"跳舞"演出。它看着小鳄鱼一次又一次跳着，突然，只听"吱呀"一声巨响，硬毛鼠连同树枝坠落水中。原来，小鳄鱼凭着不懈的精神，终于将树枝撞断，硬毛鼠就这样成了小鳄鱼的美味佳肴。

本来以树枝为家的硬毛鼠为何会跳入水中呢？动物学家经过长期研究发现，硬毛鼠这样做，理由只有一个：炫耀自己的本领。硬毛鼠的矜夸，倒激发古巴内陆鳄鱼练就了一项举世无双的独特本领——跳高。

人不可矜夸，也就是说不可傲慢自大。古语有言："惟德动天，无远弗届，满招损，谦受益，时乃天道。"谦恭，就会端庄持重，生命也就得以矜全——因爱惜而保全自己。谦恭，矜庄，矜全，此是人之道、地之道、天之道。

要人脉圈，更要书脉圈

◎夏生荷

"人脉是风，人脉是雨，有了人脉我呼风唤雨；人脉是天，人脉是地，有了人脉我顶天立地！"这是一位游走在生意场上的朋友的口头禅。在他看来，要想在这个社会上立足，成就辉煌的事业和人生，广博的人脉圈是最重要和最不可缺少的。"人脉圈广，就能将很多难办的事轻松搞定！"

如今，社会上有很多人，将人生的成功与否与人脉圈的广窄挂上钩，甚至直接画上等号。为此，他们特别热衷于交际，流连于饭局、牌局、舞厅、KTV等社交场所，只为能多结交一些所谓的能人、名人、贵人，以便扩大自己的朋友圈，获得广博的人脉，为我所用。

人是高等社交动物，多交朋友，让人脉广博一些，无可厚非。可如果一味地去追求人脉，将人脉"神化"，甚至煞费苦心地去攀附名人、能人，并与之建立人脉圈，达到不可告人的目的，那就值得商榷了。

在我看来，在拓展人脉圈的同时，我们更应该去多读书，与书做朋友，扩展自己的书脉圈，因为书脉圈才是真正值得我们用一生去追求的。

所谓的书脉圈，就是指一个人结识和阅读过多少书。书脉圈广不广直接说明一个人爱不爱读书——书脉圈越窄表明读书越少，反之，书脉圈越广表明读书越多，越爱阅读。两者相比，后者比前者更容易从书脉中收获诸多益处，正所谓"书中自有黄金屋，书中自有颜如玉"，更有"读史使人明智，读诗使人聪慧，哲理使人深刻，道德使人有修养，逻辑修辞使人善辩"。

　　历史上流芳千古的人物，都是书脉圈特别广博的人，他们都喜欢和书做朋友。西汉名相陈平，凿壁偷光的匡衡，翰林学士、北宋文坛领袖欧阳修，明朝"开国文臣之首"的宋濂等人，无一不是具有广博书脉圈的人，他们所读之书可谓汗牛充栋。在央视《中国诗词大会》上一举成名的武亦姝、陈更也同样都是满腹诗书，有着广博的古今中外书脉圈。古今中外的许多名人都是十分爱读书的，并从中受益匪浅，甚至是成就了一生。

　　此外，与人脉圈相比，书脉圈最容易建立，因为它很廉价，即使你买不起书，也可以去图书馆里借。它还很平易近人，不会瞧不起任何一个人。和它交往，不需讲排场，不需察言观色，不需刻意谋划，更不需有各种担心、顾忌和猜疑，只需你安安静静地捧读就可以了。

　　当然，这也不等于说让我们彻底不去交际，远离人脉圈，一门心思地宅在家里去建书脉圈，而是要我们放弃去拓展一些无效的、无意义的和功利性、目的性太强的人脉圈，将空余出来的时间留给阅读和书籍，让书脉圈改变我们的心境，陶冶我们的情操，塑造我们的灵魂，滋养我们的气质，将我们变成一个"腹有诗书气自华"的正直高尚之人。

同样，人脉圈里也有不少爱读书之人，结交这些人，也能帮我们拓展书脉圈，可谓是一举两得。

多读书吧，不断拓展自己的书脉圈，坚持下去对我们的人生终将有所裨益。

良心成就"疫苗之王"

◎顾静怡

在十九世纪的科学家当中，法国科学家路易斯·巴斯德当仁不让是最有成就的一位。就像牛顿开辟经典力学一样，他开辟了微生物领域。他一生研究疫苗，发明疫苗，在战胜狂犬病、鸡霍乱、炭疽病、蚕病等方面都取得了成果，是世人公认的"疫苗之王"。更可贵的是，他从不把发明占为己有，更不屑借此谋利。

巴斯德从小就聪明、爱动脑子、爱提问题。他醉心于做各种化学实验，没日没夜地泡在实验室，把实验室当成了自己刨根究底的场所。

1856年，他发明了"巴氏消毒法"（又称低温灭菌法）。此后，巴斯德的研究就像开了挂一样。他"救"蚕，治鸡霍乱，搞定炭疽病，发明了一种又一种疫苗，逐步解开了动物疾病之谜，成了法国传奇般的人物。不过，巴斯德最想征服的是长期威胁人类的狂犬病。

1882年，巴斯德开始着手研制狂犬病疫苗。在寻找病原体的过程中，巴斯德有时会冒着生命危险采集狂犬的唾液。他历经无数次动物实验，终于高兴地宣布：狂犬病疫苗在动物身上试验成功了！

然而，狂犬疫苗虽然在动物身上试验成功了，但却一直没有经过人体实验。1885年7月6日，一位绝望的母亲带着被狂犬咬伤14处、被医生宣布生存无望的9岁小男孩来到巴斯德的实验室。她苦苦哀求巴斯德救救孩子，为了不眼睁睁地看着小男孩死去，巴斯德为小男孩打下了人类第一针狂犬疫苗。之后的10天中，他又连续给小男孩注射了十几针不同毒性的疫苗。他不眠不休地观察着疫苗进入人体后人的反应，5天、10天、1个月……小男孩终于转危为安。狂犬病疫苗终于在人体上试验成功了！

　　狂犬病疫苗的问世轰动了法国，轰动了全世界。巴斯德成了世界上唯一能够把人类从狂犬病中解救出来的人。时至今日，狂犬病的致死率仍几乎达到100%，因此，狂犬疫苗的发明足可彪炳史册。为了纪念他对人类抗击狂犬病的巨大贡献，联合国指定巴斯德去世纪念日暨每年9月28日为世界狂犬病日。

　　怀揣一颗仁爱之心，巴斯德倾尽一生精力为人类的健康研究发明了一种又一种疫苗。他恪守一生的信念是：利用研究结果获利是学者的耻辱。他用无私的灵魂成就了自己"疫苗之王"的称号。如今，他的精神和遗留的知识依旧在造福人类。